U0498439

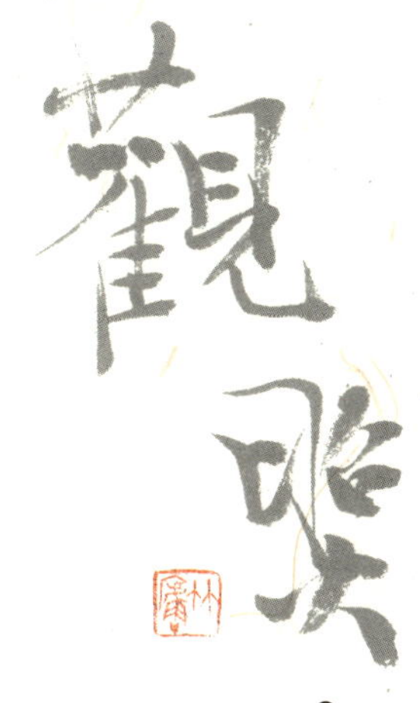

中国书画高蹈精神

刘德扬／编著

西南财经大学出版社

2010年和四川省文化厅郑晓幸厅长于成都画院

序

文化是一个民族的灵魂；文化是一个国家的名片；文化是一个种族的最大安全。中国是文明古国，中华民族经过数千年的磨砺与融合、凝聚与发展，在世界民族之林中成为一个朝气蓬勃的伟大民族。我们的祖先通过艰苦卓绝、百折不挠的奋斗，创造了灿烂的中华文明，延续千年不断，这份厚重的传统文化遗产是我们迈向未来新世纪的坚实的人文基石。如果没有种子，哪里有庄稼？如果没有传承，哪里又有未来呢？中国画是中华文化的重要组成，在千百年来的坚守、传承、创新中不断彰显其旺盛的生命力、多彩的感染力和特有的艺术魅力。

近年来，四川省委省政府响应并按照党中央国务院有关文化建设的号召和精神，正着力打造和推广“巴蜀画派”，并纳入我省“十二五”经济社会发展规划。我们将建立一套科学的激励机制，多渠道、多方位、多形式地为四川的艺术家们提供广阔的空间和舞台，展示他们的才华，让他们走出四川，迈向全国。

刘德扬先生是一个文气十足的花鸟画家。尤其他画的梅和紫藤，特别苍劲、古拙，有文人写意的崇高格调，又富有野趣，相较于传统文人写意，更有生气和活力。而且写实与写意的交融，使其花鸟画颇具现代感。他在梅花、紫藤题材创作上很有突破与创新。在他的创作中，充分体现了不断进取、弘毅深沉的儒者心襟。古人画梅多是表现一种孤傲清高、不入流俗的情感，他已经不满足于古人对梅的表现。梅花是我们的国花，它不同于一般的花草，梅的精神气质玉洁冰清，铁骨其本，傲雪凌寒，使人油然而生敬意。梅花的气质尊严和我们的民族精神一脉相通。贯穿他花鸟画艺术创作的，是一种沉挚醇厚的儒者气质。正是这种自强不息、厚德载物的人文精神，使其花鸟画作充满乾坤正气，给人以昂扬向上的动力，使人精神更加丰富而深邃。

一个地域的绘画往往是其地方精神文化的一种反映，是一份最厚重、最扎实的关乎人生哲学的精神积淀。德扬的画有着他对这片西蜀沃土滋养最深情的一种思想情怀的表达。“文人画的要素：第一人品，第二学问，第三才情，第四思想。具此四者，乃能完善。盖艺术之为物，以人感人，以精神相应者也。有此感想，有此精神，然后能感人而能自感也。”重视人品、重视思想性与精神性的发挥，这与孔子的“志于道、居于德、依于仁、游于艺”是完全一致的，而要求“能感人而能自感”正是儒家诗学“兴、观、群、怨”精神在绘画中的体现。刘德扬对文人画传统的理解无疑是深刻的，深厚的儒家文化精神传统使他对文人画的四种要素有一种天然的亲近，血脉上与之相连。重人品、重学问、重才情、重思想，也是他对文人精神的继承。我期盼、我相信，在精神家园的坚守和耕耘中，在艺术的创作和创新中，德扬先生一定会给我们新的惊喜……

郑晓幸 2011.2

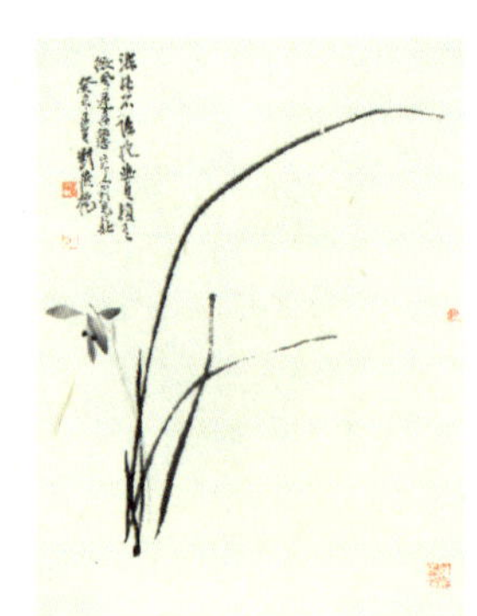

目录

随笔篇

对话篇

嘤鸣篇

友声篇

觀哭

中国书画高蹈精神

随笔篇

茶熟香温且自看

成都画派首届中国人物画展观后感

应邀就成都画派首届中国人物画展谈观后感，十分荣幸。

当商品经济法则冲击画坛，人物画相对难以取悦于市场之时，成都地区还有那么多的画家以诚挚的敬业精神，在中国人物画领域中默默耕耘，实在是难能可贵。参展作品琳琅满目、异彩纷呈。虽然主题都是人物，但表现手法可以说是多种多样、各具特色。作品中既有纯传统的刻画，又有颇具现代意味的探索；既有工笔细描，又有大笔写意；甚至有引入山石皴法任笔为体，依类赋形借以表现人物体态的创新之作。如果说张自启、吴绪经、李青稞等人是以细笔工致的画法表现了人与物的柔和交流，那么，汤荣新则是以粗服乱头、磊磊落落的画风抽象出《聊斋》众多故事所特有的情节与氛围，让观者不囿于某事某人而生发出更多的自由想象。而在夏亮熹、任兆祥、朱德祥等人的作品面前，又似乎让人们体味到什么是隽永、静穆与宏深。还有王双才、张鸿奎的戏剧人物作品，是那么神采飞扬、妙趣横生……

我很高兴看到成都地区中国人物画家们的这次集体亮相，并希望大家从此高张大旗，放射出实力的光芒。不过，一说到中国人物画的创作，在很长一段时间以来，普

双呆成梅（92×21.5cm）

凡人雅事（68×134cm）

遍感到困难。由于人是社会的主体，人物历来是绘画艺术中最具普遍性与特殊性的主题。这个主题本身所凝聚的历史感和永恒性使它不可能是画家们纯粹的自我放纵，而是要担负“成教化、助人伦”的重任。因此，中国人物画的创作较之山水、花鸟画难度更大、课题更多。特别是目前拜金现象波及画坛后，中国人物画家面临挑战与诱惑的双重压力，感到左右为难，尴尬万分。要么自甘沉寂与贫寒，要么向闲情绘画靠拢，取悦于市场。

为什么中国人物画的创作就那么难呢?从历史发展的情况看，中国绘画艺术中人物画是率先成熟的。从长沙出土的战国时期帛画以及马王堆帛画，到六朝“三杰”和唐朝“画圣”的作品，人物画均居中国绘画主导地位。可是，就整个中国画成名的画家和传世作品看，宋元以降，人物画就很难与山水、花鸟画的成就相颉颃。过去属人物画配景的山水、花鸟画日趋昌盛，人物画却发展困难。直到20世纪四五十年代，即使在北方出现了以徐悲鸿、蒋兆和为代表的画家群，在南方有以李震坚、方增先、周昌谷和后继者如吴山明、刘国辉、吴永良为代表的浙派人物画家群，但中国人物画弱于山水、花鸟画的状况并没有多大改变。这不能不说是中国绘画艺术的一大遗憾。如果说当代中国画家面临的问题是创造，那么，人物画家面临的创造问题就更为严峻。因此，对这次人物画展，我在欣赏、赞扬之余，还是感到其中力作不多，对人物及其与社会、自然的关系刻画乏力。作品多半倾向于古代人物、仕女及风俗小品，少有描绘现实生活中多种性格的人物形象。其实，在中国的文化传统中，不管是哲学、艺术、宗教或其他范畴，人与自然都是紧密相关的。这种相关不是一般的依存关系，而是一种互为物化的“天人合一”、“物我同体”的关系。作为一个画家，找到自己特殊的绘画语言和艺术形式是重要的，但是否准确而生动地利用它去描述人与社会、人与自然的关系，则是更为重要的问题。回顾历代凡有成就的艺术家，其必定对人类世界都有着深切的关注，这种关注不一定是政治式的，但却必须是生活的和深层次的。只要有了这种深层次的对人类世界的关注，那么，不管是山水、花鸟、人物画还是其他，都可以产生艺术大师。如石涛、八大、黄慎、任伯年、吴昌硕、齐白石等大师就均以自己独特的绘画语言，以其对人类世界的深切关注和观照而取得了辉煌成就。对此，石涛有句云：“夫画，贵乎思，思其一则心有所著而快，所以画则精微之，入不测矣。”那种无思想，每天重复自我画稿如洗脸刷牙般程序化的创作，是不可能出精品的。如像画一亭亭少女，颦眉低首，荷锄携篮，必是“黛玉葬花”；画一清癯老者，持书拥竹，或坐或卧，必是“板桥痛民”。如此之类，不胜枚举。这种程式化的构思与创作如何去吸引人、打动人呢?！在画展座谈会上孙彬说，回锅肉的确是好东西，但天天吃、顿顿吃，也还是让人腻味。同样是痛民、哀民的作品，杜甫草堂馆藏《茅屋为秋风所破歌》就无以类比。即使是画黛玉葬花，为什么不可以把画面构成处理成黛玉面对风雨飘摇、落英缤纷、零落成泥而弃锄委篮，举首向天作问天之状，这样，“他年葬侬知是谁”的意境就似乎要好得多。如果把人物去掉，地上补画一闲锄和一花冢，那么，黛玉葬花的意境似乎又差可与“十里蛙声出山泉”、“深山藏古寺”之类作品相似。因此，作品题材的深度挖掘至关重要。只要在创作上殚精竭虑，哪怕一年出一幅精品，也是大可令人欣慰的。记得去年省诗书画院院展时，戴卫的《棋魂》一画就给我很大震动，至今难忘。画面人物众多，聚焦于一枰之上。透过各种人物的表情，折射出弈棋者、观棋者复杂的内心世界，表现了思维飞翔的宽阔空间。特别是满幅墨点，痛快淋漓，既演绎了围棋之魂，更演绎出中华民族之魂。令人心动神惊，注目长考，仿佛也置身其间，与画中人物同思绪、共呼吸。作品画若布弈，物我两忘，笔墨图式与对象之间的匹配关系得到了充分体现。在这次人物画展期间，中央电视台播出的青年画家蔡玉水创作的巨幅人物画《中华百年祭》，也是一件难得的好作品。我仅仅从电视播放的几个局部，就深深感到它强劲的画面张力。这就是我们的中国人物画!那种纯

观梅（102×21cm）

粹的、中国画特有的笔墨技巧和绘画语言，是如此深入细微地刻画了各种人物形态与环境。人与境的交融烘托出雄强的悲壮、悲壮的雄强。邵大箴在接受记者采访时激动地说：“这是中国人物画创作继蒋兆和《流民图》、周思聪等人《矿工图》之后的第三个里程碑。”所以，我们不能简单地说中国人物画创作难，而是要审视自己是否做到了业精于勤、业精于思。不能因为某些困难而为自己不思不虑、乐得清闲寻找一种遁词，甚至舍近求远，在绘画题材的选择上去追“西藏热”、“少数民族风”。在表现手法上则用现存的笔墨和造型的程式化语言，依惯性去进行创作。这是极不可取的。

对于中国人物画创作难，还有一个较为普遍的看法是，毛笔和宣纸的特殊性把中国画创作挤进了一个狭窄的空间，而且古人已文章做尽，没有多少夹缝可钻。毛笔与宣纸的结合使中国画家们在创作过程中不可能有既雕且琢、深思熟虑的余地。许多时候作品的产生都是在“一种半推半就将错就错顺势而去”的状态中完成的。而在山水、花鸟画中画家们的自由度要大得多，而且还可以常常惊喜一些事先没有想到的线条效果和笔墨趣味。但在人物画中就难以把握，难以对人物进行形神兼备的深刻塑造。于是有人转向模仿西方艺术，以求寻找新的创作空间，其结果又多半在熟知中国民族绘画在世界美术领域里自成独特体系的人们中，引起了广泛

为我一挥手（101×48cm）

的质疑。法国汉学家雅克•班马诺在介绍成都旅法画家王以时的艺术之路时说："那些以模仿西方现代艺术为创新的作品，实际上是对中国观众的愚弄……中国艺术要走向现代的变革，则既不能重复中国古老的传统，亦不能模仿西方五花八门的现代艺术。"我以为，对于中国画的创作"全盘西化"与"固守国粹"都不可取，而是应当采取"古法之佳者守之，垂绝者继之，不佳者改之，未足者增之，西画可采者融之"的态度。至于因"欧风东渐，在以西方为话语权力中心的背景下给出的判断，是否切实于绘画的史实与现实"，我们要有清醒的认识，不能人云亦云，连自己都没有信心。

中国画的创作与变革，我认为关键在于坚定对中国画的信念，坚持中国画的本质是写意的，它的造型规律属意象造型。在中国画这一范畴，林兴宅在《艺术魅力的探寻》一书中说，一切艺术形象都可以借助抽象的方法分解为"意"和"象"两个部分。"象"包含着模仿与创造两种因素，"意"则包含精与思两种成分。这四个方面概括为真、新、诚、蕴，予以整体结合后反映艺术美的基本品质，也是作品产生魅力的基因。从此出发，我们创作才能有的放矢，才能够借助传统的力量、外界的力量和自我的力量，在中国画作为整体的传统特色的基础上继往开来，而不是在不能代表传统的局部因素的基础上盲目探索，甚至邯郸学步。有了这种基本认识，那么，对中国画的笔墨形式、表现技巧以及材料、颜色等进行任何选择都是可以的。事实上，我国绘画的发展是由器物演变到石片、竹木片及织物上，由帛、缣绢、细丝绢到唐宣、白麻纸、宋绢以及高丽纸，其间有过多次变化与选择。《中国画学全史》中记载："古画本多用绢，宋以后始兼用纸，明人又继用绫……18、19两个世纪成为中国宣纸的兴盛时期。"米芾《画史》则写道："古画至唐初皆生绢，至吴生、周昉、韩干后来皆以热汤半熟入粉槌如银板，故作人物精彩入笔。"现代画家中如张大千改良夹江纸、傅抱石用皮纸、台湾画家刘国松自己设计生产"纸筋纸"进行绘画创作，都画出了无数好作品。所以，对于中国画的创作而言，材料的选择并不是至关重要的，重要的是以什么绘画语言去进行创作。西班牙艺术大师米罗，不管他是用油画颜料、树胶水彩、蜡笔、中国水墨还是用报纸、布面、日本纸，其作品都能让人一眼看出，这就是米罗。米罗这种对绘画艺术精髓的坚韧和对表现手法以及绘画材料选择的随心所欲，值得我们注意。

总的讲，看了首届中国人物画展后，我时时想到明代文学家李日华的诗句："画成未拟将人去，茶熟香温且自看"。作品出来了，但还不尽如人意，有许多问题需要我们去思考和总结。特别是目前学术创作和面向市场是我们每一个画家都不能回避的问题。如何处理好两者的关系，需要我们认真考虑创作取舍方向和作品定位原则，是去满足一般性的大众休闲文化的需求，还是去思考和创作哪怕现在不入时人眼，但"用青春赌明天"的作品。如果荷笔独彷徨，就不仅会失去宝贵的时间，最终还会因失去自我而归于平庸。

1996. 11. 28

游心太玄（53×35cm）

笔墨等于零

前些年，吴冠中一句“笔墨等于零”，一石激起千层浪，在中国画领域，掀起了轩然大波。其间的关窍与争辩，没必要去理论。我只是觉得，这话说得好，说得有味。

只要有初中文化的人都知道，零，不是无，而是有，它是整数系统中一个重要的数。它小于一切自然数，是介于正数和负数之间唯一的数。把这概念放到中国画的理论与实践上来看，吴冠中所说的这个“零”，应该是指“笔墨”在中国画范畴里所特有的一种原始的、中间的状态。

亥猪进门（34×34cm）

按照易经的理论，世界万事万物，不出阴阳二仪。阳，涵盖有、正、实、色、白、天、乾、男等；阴，则涵盖无、负、虚、空、黑、坤、地、女等。彼此一一对应，相互统一。色不异空，空不异色。色即是空，空即是色，也是这个意思。可是，色、空关系对立统一，它的中间状态是啥呢？是“零”。近年来，美、俄科学家经过多年的研究实验，分别宣布在我们目前可知的宇宙中，除了正物质世界，还有一个负物质世界。也就是说，既有一个阳界，还有一个阴界。阳界的正物质和阴界的负物质，一一对应。然而，二者只要相遇，就归于零！这个“零”，在他们的若干研究实验报告中证明，既不是“有”，也不是“无”，而是一种客观存在。虽然看不见、摸不着，却可以被检测和被感觉。他们认为，宇宙黑洞、百慕大三角等，就是一种零现象。

青赤之象（35×139cm）

如此之说，似乎有些谈玄。但是，用这一科学观来看吴冠中所说的“笔墨等于零”，却很有意思。

东西方绘画艺术的差异在于哲学和艺术理念的不同。油画的哲学基础是基督教神学，其创作的侧重点在于具体的形，以及与之相关的色、光、影；而中国画的哲学基础是老庄思想，其创作的侧重点却是在形的基础上，注重物我之间那种意、神、韵的消长。形、意、神、韵这四个字，就是中国画的“笔墨”。如果把用笔的提、按、顿、挫以及方笔、园笔，把用墨的干、湿、浓、淡以及焦墨、宿墨简单理解为“笔墨”，那实在是贻笑大方。比如画荷花，齐白石的荷花见笔见墨，应该说是有笔有墨。周思聪呢？她画的荷花难见笔痕色迹，但却氤氲扑面，清气四溢。这难道就没有笔墨了吗？虽然他们各自的表现手段和艺术风格相去甚远，但是，在他们的作品中，却是以不同的意象和性灵，高度地概括了中国画的“笔墨”，艺术地体现了形、意、神、韵这四个字。

所以，吴冠中的“笔墨等于零”这句话，可以说是一种中国画艺术的笔墨关系数轴。凡是体现了形、意、神、韵“笔墨”关系的中国画作品，不管它的艺术品类、表现手段、表现形式有何不同，它都是在这个数轴的正数上，都可以说有“笔墨”。“笔墨”这个“零”，这个中间状态，它没有感情，没有亲疏。用得好，它高雅、它完美；用得不好，它恶俗、它畸形。创作中所谓的用笔之妙，存乎一心，“笔墨等于零”就是强调笔墨关系的处理。而处理笔墨关系，关键在于修养。修养好，就可以很好地把握“零”这个笔墨关系数轴，就可以准确地把握形、意、神、韵，就可以创作出我们民族特有的优秀的中国画艺术作品；否则，一切难以说起……

2007.8

聪明·消息

消息，意思是情况报道、音讯信息等。古语里却大多指消长、增减、盛衰、变化、奥妙、机关和征兆、端倪等意。宋人陈与义《怀天经智老因访之》中“客子光阴诗卷里，杏花消息雨声中”诗句，就颇具个中滋味，“消息”二字令人遐想。后来在形容一个人的灵动和机敏时也大多说：“此人周身消息”。如此，在这个意义上，聪明可谓消息，消息亦指聪明矣。

艺术家的才气，在过去的习惯思维里，是判断一个艺术家优劣的首要条件。但是，随着社会文化内涵和文化观念的变化，以及市场经济运作成熟的利益示范，它已经逐步“退居二线”了。或者说，其内涵已然被“聪明”所替代。“聪明”者，耳“聪”目“明”也，于是“周身消息”。“才气”凭借聪明、“聪明”凭借消息而与时俱进，合乎潮流顺理成章地把“才气”转化为“财气”。在而今眼目下的媒体时代，当艺术也被迫面向大众“秀”和“超”时，艺术家的才气也被列入“选美”范畴。美的“道”且不去说它，美的“术”（准确说是“技”）却是一个“媚”和一个“欺”字。能否被选“美”，在于被选之人能“媚”几多粉丝为其鼓呼，能“欺”若干爱家为其雷鸣。梵高的奇迹，既是艺术史上的奇迹，同时也是一个

寒香映水风（45×68cm）

杏花消息雨声中　2009年3月摄于彭州

“炒作”的奇迹。可是，现在的人们却早已不满足于这种人死后才会有的奇迹了。现实的艺术家，需要把握机会，需要现实现报。因此，他必须要有极其强烈的符合这个时代的气质和气息，要周身聪明、消息。所谓“弄潮儿，手把红旗旗不湿”，能够在这个时代立足和致富的艺术家，才是把手扣在时代脉门上的人。所以，这个时代艺术家的“才气”，首先应该是在“周身消息”的前提下，他的行事方式以及表现内容，他的无知然后无畏的精神，他的拉大旗做虎皮、空手套白狼的豪气；最后，才是他作为“手艺人”的那些事儿。说到这里，想起当代大师唐云在总结自己卖画经验时的一段很有意思的话：“着色者易卖，山水中有人物者易卖，花卉中有翎毛者易卖，工细而繁杂者易卖，霸悍粗犷吓人惊俗者易卖，章法奇特而狂态可掬者易卖”。以此观照目前书画市场买家卖家的种种众生相，不得不对唐公服气！

明白这些道理，在当今大好时代搞艺术的人，离“艺术大师”的桂冠，就不远了……

2008年秋

桃花时节（68×134cm）

心中那盏灯

子夜时分。趁着沐浴后的余温，钻进被子里裹着，斜斜地靠在床头。燃一支香烟，任轻飏的烟线袅袅，瞄着床头灯出神。

我忽然发现，这灯好美！几何图形的搭配是如此的奇特！直线和曲线的交融如此完美！冷暖色的渐进和交相辉映，会如此温馨惬意。迷离中，色的和谐，光的和谐，融融地弥漫着。和谐以致温馨，中庸而感受惬意，我沉醉……

不知为何，联想起曾文正公的一副联语：“撑起两根穷骨头，养活一团春意思。”1975年哥哥在大邑沙渠当知青时，我去他那里玩。穷极无聊时，去乡场上买了几张打字纸，写上这副联语和一些诗词，贴在简陋茅屋的泥巴墙上，为大家带来了些许乐趣和朦胧的企望。作为生在红旗下、长在红旗下的“黑五类” 子女，对这副联语我一直有着格外的亲切感，它伴随着我成长，给了我许多激励和安慰。俗话说，春意盎然。春者，推也，出生万物。甲骨文的“春”字从艸屯，从日，艸在上、日在下、中间是屯，似草木破土而出。这个字既是象形，也是会意，指草木胚芽在春日暖阳的光合作用下，滋养其阴，润养其阳，勃勃生机，葳蕤纷披。春之意思在于活，活的关键在于

心中那盏灯

佛·阿桂篆刻

养。养，既是指道家的培养先天元气，更是强调儒家的培养品德，涵养意志，修养心中的正气。郑孝胥有副书法集联："养气不动真豪杰，居心无物转光明。"养气不动，是不轻举妄动；居心无物，是心无挂碍。八风吹不动，端坐紫金莲。心有明灯，无求抑贪，知足止奢。"事能知足心常惬，人到无求品自高"，脱俗潇洒，适意自然，以入世之心，行出世之实。如此，可谓养气。

记得禅宗有个公案叫做"吹灯见明"。说的是德山宣鉴禅师跟从龙潭崇信禅师学禅。一天晚上，他在龙潭的方丈室侍候时，龙潭对他说"天已很晚了，你回去休息吧"。德山告辞出门后很快又返回来说，"外面太黑了，看不清路"。龙潭于是点了一支蜡烛递给德山，德山正要接过去时，龙潭却忽然把蜡烛吹灭了。德山于愕然之中，顿悟禅机妙谛，禅理如"烛"，需要自己在心中去点亮它，"心无挂碍，无挂碍故，无有恐怖"。

作如是观，心中自然灯明如常……

2006.2

竹庐阳光

自在其中（173.5×90cm）

尽日开窗坐好风

由于对中国数术的研究和理解，对所谓风水，我比较讲究。特别是住宅风水，更是引起我高度关注。2003年新居装修时，就考虑了传统习俗的“开门见红”。具体布置完全是以个人喜好任意为之。后来看了台湾出版的《现代住宅风水》一书，其中强调“入门三见”（见红、见绿、见书画），想不到竟会与其不谋而合。高兴之余惊奇的是书中还说到一点，“大门一关，室内是深山”。我的开门见“红”是为了喜庆吉祥，选择的是大红团龙金笺宣纸，考虑到纯红有些单调就在其上写了“我见青山”四个字。本是源于对“我见青山多妩媚，料青山见我应如是”词句的喜爱和哲学联想，想不到竟会与住宅风水的考究如此巧合。这，应该是善缘之故。

品茶观花

户外花园里的小木屋是我的重点，原来因花园里种的植物多半是竹而取名“个庐”，是书房兼画室，后来发现其数理笔画不理想，于是改为“竹庐”。

竹庐雅座

居住在现代物质条件下的钢筋水泥堆中，过去那种邻里之间聚集户外，冬季晒太阳、夏季乘凉，吹牛摆龙门阵的闲适不在了，串门吃“百家菜”的乐趣也没有了。好多好多的乐趣，都没有了。现在生活改善，住上了楼房。可是，不见炊烟，难闻鸡犬之声，邻居老死不相往来，家家户户都像鸟

笼似的，防盗门关着、玻璃窗遮着、窗帘掩着，在美其名曰“现代人居房”的“笼”里，在空调的恒温中，吃着转基因食物、看着肥皂连续剧、接受着成人童话“百家讲坛”的强化普及教育，各自心里还偷着乐。我小时候居住在小天竺。那是成都当时最大的平民区。住户大概由以下三类人员组成：一类是新中国成立前住在皇城和城边街的贫民；一类是小商业、小手工业者；一类是被打倒的“黑五类”分子。三教九流，可谓复杂。也因为这种复杂，我学到了很多社会的世俗的东西，至今难以忘怀。特别是居民区外就是一望无际的田野，那纵横交错的小桥流水，一片片的竹林农舍，大自然的泥土芬芳，天空下的风和日丽，夜晚的朗月星辰、蛙鼓虫鸣，这一切，逐渐形成一种情结，融化在我的血液之中。所以，现在既然有那么一点点属于自己的自然空间，就毫不犹豫地种下了能够四季常绿的文君竹、罗汉竹、情丝竹、墨竹、紫竹，还有云竹。为的是在自己家里，不仅能回忆川西坝子的竹林茅舍，还能时时有绿荫养眼，有翠筱含烟，有清影摇风。

记得在“文革”时期，不上学了。父亲要我写字画画，临习《芥子园画谱》。他说，古人画竹谓之写“个”，画竹就是若干“个”字、“介”字的组合构成。后来看到赵之谦的一幅《墨梅朱竹图》，题款是“打破圈圈，就是这个”，堪称妙题！其中，“圈圈”是梅花，这“个”就指的是竹。照此说法，我种了那么多的竹，真是满院皆“个”啊。另外，据《康熙字典》载，“个”通介，除去量词功用，还有“明堂旁舍”的外延含义。我的客厅西、南面都是落地通窗，窗明几净，可谓“明堂”；书房兼画室远离起居室和客厅，独立于花园中，可谓“旁舍”。如此，把画室兼书房冠之以“个庐”之名，名副其实。后因数理笔画的关系而直接改为“竹庐”，但自己确实更偏爱“个庐”这个让人想象的斋名。现在，花园里还种了桂花、梅花、紫荆、玫瑰、茉莉，以及雪藤、铁树、金银花、栀子花、喇叭花、荷包牡丹等，姹紫嫣红，野气盎然。我常常在夜深人静的子夜时分，借着朦胧夜色，独自坐在小院里，感受着那天地氤氲、万物化醇的味道。“竹庐”不仅全用木料装修，而且四面开窗。它的南、西、北面窗外都是竹。东面朝向院子、卧室和客厅，窗边是一个又长又宽的木榻，院里鱼池的水则延伸到窗边木榻下面。看书画画之余，拉开悬挂推窗，侧卧在木榻上，赏花、沐风、听雨、观鱼。和风徐徐，好鸟争鸣，真可谓渊然而静，俯仰自得。有一次闲翻古诗，读到“尽日开窗坐好风”时，不禁有些怡然自得，这不就是我的“竹庐”么？

有首歌这么唱，“你说人生艳丽，我没有异议；你说人生忧郁，我不言语”。生活的风风雨雨，生命历程的阴晴圆缺，是一种经历，是一种阅历。我常常想，人的一生，三十岁可以立，四十岁可以不惑，可是到五十岁了才会相信，这一切都是天命。如何顺应“天命”的轨迹，聊尽人事，保持自我，愉悦自我，这是我之所以偏爱“个庐”的本意。现在工作之余，除了种竹栽花，逗鸟观鱼，还养了猫，以其脸部黑白分明而取名“太极”；养了狗，以其所谓“土狗”而取名“保长”；养了旱龟，以其长寿和民俗视为神物而取名“神头儿”。这些小动物真的是各有意趣，可爱极了。一年四季中，除了冬季和大风大雨，我都在院里的石桌上吃饭，在那里看书、听音乐、喝茶聊天。此时，这些小家伙就在身旁或坐卧，或游走，或觅食。偶尔，画室旁竹林里还不时传来那两只母鸡的“咯咯”之声。这时就感到，在现代都市里能有如此“竹庐”栖身，知足了……

2007. 4

土狗『保长』

象龟“神头儿”

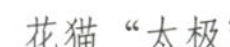

花猫“太极”

春江水暖『鹅』先知

东坡《惠崇春江晚景二首》之一：“ 竹外桃花三两枝，春江水暖鸭先知。蒌蒿满地芦芽短，正是河豚欲上时。”这是一首题画诗。惠崇的《春江晚景图》没有流传下来，无福眼见。但是从东坡先生的诗中，却可以观照其大概：天地之间，春意盎然。一片嫩绿粉红中竹影婆娑，桃花嫣然。江水悠悠，透迤河堤两岸满是蒌蒿、芦芽，几只鸭子潜水赴浪，自在其中。看到这些，好吃而颇善烹饪的东坡先生却在联想，这“正是河豚欲上时”呀，接下来的饕餮大餐、大快朵颐情景不能不让读者想象得口水滴答，羡艳万分。

羲之所好（34×16cm）

然而，东坡先生的这首诗特别是其中“春江水暖鸭先知”的论断，却被后人给抬杠了。康熙年间，大学者、大诗人毛希龄批评这首诗说：“春江水暖，定该鸭知，鹅不知耶？”当然，这是文人之间的闲闻趣事。毛希龄也不是只跟苏轼过不去，他谁都看不上眼。据说他读《朱子》，身边就摆个稻草人写个“朱熹”贴上去，看到书上哪些地方说得不对，就要对其连打带骂，非得让这稻草人朱熹认错才行。其情其景，想来不觉莞尔。

从这里，我却看到了一个艺术创作理念的问题。对于传统，总的讲必须传承，具体的一些东西却不能着相。要

和为贵 · 刘德扬篆刻

随时代、随观念的变化而有所突破、有所拓展，不能片面偏颇，执着于某物某事、某家某派。一定要以自己的审美取向，在不违背艺术规律、艺术之"道"的基础上，烙上时代的印记。换句话说，就是在"春江水暖"这个前提下，"知"的内涵和外延都应该宽泛一些，否则必定会被人诘难的——"定该鸭知，鹅不知耶"？

怡然自得（2010年摄于御翠草堂）

再譬如一幅绘画作品，"画什么"决定后，"如何"画就选择多多了。用油彩、水彩，抑或是中国水墨、炭精条等等，那只是形式问题，只要能为我们自己想画的内容服务，能高度表述画者"心话"的任何形式都是可以采用的——定该油彩，水墨不该耶？内容决定后，形式是可以随"心"所"欲"的。这样的结果，才会真正有艺术可言。

春江水暖，万物葳蕤。其原因是太阳普照大地……

2010.3

春江丽影（2008年10月于川北采风）

和风依依（100×45cm）

以不变应万变

读郑板桥笔记的感悟

“江馆清秋，晨起看竹，烟光日影露气，皆浮动于疏枝密叶之间。胸中勃勃，遂有画意。其实胸中之竹，并不是眼中之竹也。因而磨墨展纸，落笔倏作变相，手中之竹又不是胸中之竹也。总之，意在笔先者，定则也；趣在法外者，化机也。独画云乎哉！”

近日再读郑板桥此语，颇多感触。窃以为，就画画而言，多年来那种“中国画穷途末路”的论调以及喋喋不休的“求新、求变”之说颇为滑稽。无知似乎就可以无畏，于是胡言乱语，甚至被奉为领导指示“放之四海而皆准”。什么是新？什么是变？易理所谓的简易、变易和不易，不易是根本、是原则。常道和非常道，常道是不易，是根本、是原则。所以，古人说“以不变应万变”。毫无原则地去追求出新、追求变易，虽不说幼稚，起码也是糊涂的。事实上，中国画的创作，是人们发乎性、关乎情的一种心灵的喜怒哀愁的情绪演绎，是有关形而上的艺术活动。几千年来中国人所特有的人文情节、文化属性以及思辨方式是不变的，中国画的核心内容——意象精神是不变的，心灵之喜怒哀愁的情绪这一主题是不变的。变化的只能是反映这一情绪的手段、材料和形式。不变的是内容，万变的形式只能是为此内容服务。在中国画的创作中片面

红云当头（68×33.3cm）

强调“求新、求变”，其结果只能是置内容于不顾而去追求五花八门的形式感，以致现在大部分画作越来越工艺化，越来越成为一种训练有素的生产和技术熟练的制作，中国画的内容——意象精神则空前失落，荡然无存。

比如画竹。我们最早的关于竹的情结大约始自魏晋时期，据陈寅恪先生研究是源于当时人们对天师道的信仰。尔后，最著名的典故莫过于王子猷的“不可一日无此君”了。再后来，因为汉语的特性，我们的祖先喜以字面谐音寓意吉祥，于是竹（谐“祝福”、“竹爆平安”等，以为祈福吉祥）就从一种文化意象而演变成为一种民俗的意象。同时，人们还借物性而咏怀抒志。文人高士常借梅、兰、竹、菊来表现自己清高拔俗的情趣，或作为自己品德的鉴戒。松、竹经冬不凋，梅花耐寒开放，受人们赞颂，因此有“岁寒三友”之称。因为这些缘故，画竹高手代有传人，乐此不疲。文同、苏东坡、赵孟頫、管道升、倪瓒、吴镇、柯九思、夏昶、李方膺、郑板桥、石涛以及近现代的吴昌硕、张大千、董寿平、吴茀之等等，其作品从双勾着色到水墨晕章，无一不有其特殊面目。“笔墨当随时代”在他们的画中得到了充分证明。其中，不易的是“竹”这一被描述主题，变易和不同的则是各位大师的画面风格、表现手法以及他们展现在我们面前的人格魅力和他们那个时代的审美取向。照郑板桥的话来说，“意在笔先者，定则也”，这是“不易”；“趣在法外者，化机也”，这是变易、简易。自然之竹是客观存在，但当画家“胸中勃勃遂有画意”时，眼里的竹已然不同于自然之竹。“磨墨展纸，落笔倏作变相”后，手中之竹又不是胸中之竹了。这就是从不易（眼中之竹）到变易（胸中之竹），再到简易（手中之竹）的意象转换和处理过程。手中之竹是画家所创作出的“第二自然”，胸中之竹和手中

为君片片起清风（34×45cm）

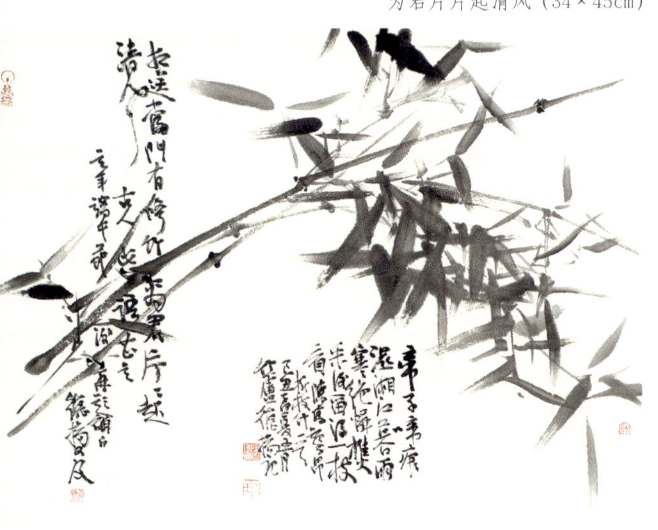

墨竹蜗牛（68×45cm）

之竹都是画家眼中之竹的升华。方法途径可以变易，基本原则却不能变。持经论道，简之易行。简易是悟道之后的境界，化繁为简，以简御繁。板桥所谓“删繁就简三秋树，领异标新二月花”，没有“删繁就简”的功夫和艺术升华，如何能达“领异标新”的境界呢？正因为他们把眼睛看到的客观形象，经过大脑的意象处理，最终物化为典型的艺术形象，我们才能在传统的脉络里，在他们的画面上有了关于竹的各种美的欣赏和遐想，看到了中国画笔墨精神的丰富内涵和外延的机巧变化。只要一想起他们的作品，竹的各种风姿就会摇曳眼前。可是，鼓弄“求新、求变”之流却不屑于这种文化传承的丰富和变易，忽略中国画的人文精神和拟人化的借物咏志，极其幼稚地认为梅兰竹菊“四君子”、“岁寒三友”松竹梅等等都是些老套路，没有新意和变化，于是热衷于五花八门的形式感，越来越工艺化、功利化。仿佛训练有素、技术熟练的制作也一个比一个大，一个比一个如静物摄影。这就是中国画的“求新、求变”么？以竹而论，由于把求新、求变建立在自然之竹这一本体上，不是以这一本体为根本去寻求“竹”的变易和简易，这真真是买椟还珠之悲，贻笑大方！有鉴于此，见别人见之所未见，画前人画之所未画，把我们当代的精神和现实的思考融入中国画的传统形式中，形质相依，这才是“笔墨当随时代”，这才是我们应该为之孜孜以求的正道。

记得十几年前在一个所谓的中国画创新展的座谈会上，面对许多人滔滔不绝的创新演说，彭先诚老师只有短短一句话，“中国画传统博大渊深，学都学不赢……”话外之音至今还在耳边回响，中国画的制作之风却越演越烈，令人唏嘘。曾几何时，在经过一系列“触及灵魂”的政治运动之后，中国的文明传承、文化传统大部分惨遭蹂躏甚至灭顶之灾，以致黄钟毁弃，瓦釜雷鸣。既然优秀的文明传承和文化传统遭到破坏，几近毁弃，那么，“沉渣泛起”，瓦釜尿罐作雷鸣响，也就不是奇怪的事情了。好在目前全国从上到下已经开始恶补国学，张扬国粹，这哪怕是类如朝花夕拾，也是补牢之举，其时未为晚矣。

2009年立冬于竹庐

一枝一叶总关情（17×46cm）
款识：前贤有句云，一杆寒竹含清泪，独对青天说纵横。其间滋味，非个中人不能悟也。

厚积薄发

御翠墨韵——蜀中八家书画作品邀请展观后感

御翠草堂五柳艺术馆在丁亥岁尾、新元之始的立春前夕，组织钱来忠、谢季筠、何昌林、苏国超、陈承基、叶瑞琨、刘德扬、吴浩八位画家，举办了“御翠墨韵——蜀中八家书画作品邀请展”，并印制了画册。画展受到人们的普遍好评，许多作品也被爱家予以收藏。可以说，画展相当成功。这取决于画家们的艺术理念和创作状态，取决于他们对中国文化精髓和老庄哲学理念的认识、解读和坚持，取决于他们对博大精深的中国画的学习、继承和发展。我相信，在目前这么一个良好的社会环境中，大家的艺术创作将会达到一个又一个新的高度，将会产生更多更好的艺术精品，更加受到社会的广泛关注和青睐。

团圆青玉叠（34×34cm）

我以为，大家的成果，离不开“天府之国”特殊的地理环境和人文环境。

近年来，四川特别是成都地区的中国画艺术创作，已经成为一股强势力量，备受世人的广泛关注。四川画家的艺术创作，得天独厚，既有人文方面深厚的历史积淀，又有自然山川方面的丰富滋养。我以为，滋养四川画家艺术创作和绘画艺术的，至少有三方面的重要因素。

一是历史积淀。在中国绘画艺术史上，特别是在工笔花鸟画和文人画两个方面，四川的黄筌、苏轼二人有着举

丙申所生 · 刘德扬篆刻

足轻重的地位。远在五代北宋时期，成都便建立了我国历史上第一个画院。黄筌父子依托画院，将唐代以来的绘画特别是花鸟画的艺术水准推向了一个新的高度，使花鸟画得以与传统的人物、山水画相提并论。黄筌以精细入微的表现手段，反映绘画对象的物理、物情和物态，从而创造了中国工笔花鸟画写实主义画风。与此同时，苏轼和文同又将中国文化的理学精神和书法理念融入绘画之中，创造出了一种与黄筌写实主义工笔花鸟画完全相反的水墨写意画风。他们的艺术创造与艺术主张，不仅改变了当时中国画艺术创作和艺术欣赏的主流方向，而且影响着其后一千多年时间内的绘画创作。特别是苏轼所提出的一系列明确的艺术主张，在后来的中国画艺术创作中，深深地渗入到中国花鸟、山水、人物画的创作，彻底改变了传统绘画的精神风貌，形成了在此之后差不多一千多年的时间里，被作为主流绘画的“文人画”写意画风。这种画风，成了中国绘画艺术的主要形式。苏轼的写意画风和黄筌的写实主义画风

大富不俗 真水无香（45 × 34cm）

不仅对促进中国画的发展产生了巨大的内在推动力，而且为画家探索绘画风格提供了多种可能性和广阔的自由空间。黄、苏二人在中国绘画历史上的地位以及他们在中国画坛的长期影响，毫无疑问为四川画家提供了丰富的文化积淀和艺术规范。

二是文化多元化。四川是一个移民地区，由于历史的原因，它几乎融会了全国各地区、各民族的优秀文化。其文化的发展注定了它的包容性、多元性和交融性。特别是我国因抗日战争所被迫引起的文化迁徙，在一个很短的时间里，在四川较大范围地集中了各种精英文化人物和文化财富，给四川画坛带来了丰富的文化内涵和交融发展的空间。到四川来的这些画家们，其作品异彩纷呈，汇众家之长，聚南派北派之能，他们的言传身教，对后来的画家产生了深远的影响。同时，在这个地区，巴蜀文化、西部藏区文化，以及周边的楚文化、秦陇文化、滇文化、夜郎文化、藏彝文化的相互交融和渗透，形成了巴蜀文化多元、兼容、开放的明显特点。同时，这里又是中国道教的发源地、隋唐五代时期文学的繁荣之地和佛教的民间基础。这一系列特点，在四川画家的作品里，都得到了充分的展示。

三是物华天宝，人杰地灵。以成都平原为中心的四川地区，地处中国内陆腹地，不仅有高山大川、有峡谷平原、有雪域冰河，而且有小桥流水、有茂林修竹、有桃园幽径，还有丰富的动植物资源。这些物象为画家的写生、思考、创作，提供了丰富的营养。所以，四川画家的创作激情源源不断，才思泉涌。正是基于这些因素，画家们的作品面貌呈现出非常多样化的趋势。他们的艺术创造活动、各种画展的举办和有关艺术出版物的大量发行，才能给四川画坛开创出异常繁荣和持久的艺术新局面。还有一点是难能可贵的，因为四川相对封闭，所以他们基本不为时风所惑，大家与传统文化的精神呼吸相通，同时又具备敏锐的艺术感觉和强烈的创造欲望，而且有能力在沉渣泛起的当代艺术潮流中，坚持民族艺术传统，厚积薄发，在中国古典哲学的基础上，把握中国特有的艺术风格的创造原则。

我想，四川的画家们如果再多一些进取之心，多一些开拓之举，大家的艺术成就和效果就一定会更好一些。

2008.3.5

樱桃（17×46cm） 款识：白石老人画樱桃语云，若叫点上佳人口，言事言情总断魂。由此可见其真乃性情中人也，非如此难为大师矣。

人若有情 花亦解语

“花间情韵•2011年成都花鸟画家作品邀请展”由成都花鸟画会、四川省无根山房文化有限公司、《四川花鸟》杂志主办。画展共展出作品160幅，基本集中了本土花鸟画画家的优势力量，体现了成都地区花鸟画艺术的学术水准。

由于历史原因，成都是一个典型的移民城市。自秦入蜀以来，历朝历代全国各地的文化都得以在这里交融、印证、积淀、生发。“天府之国”社会经济的富庶，文化的多元性、兼容性带来了人文艺术的繁荣兴旺。除了文人画以苏东坡、文与可为先声外，还有以黄家父子为代表的花鸟画艺术，在全国范围内率先在西蜀宫廷画院里成熟起来并产生深远影响。近现代则有“五百年来一大千”和石鲁、陈子庄等等成就斐然、艺术卓绝的承先启后者。人文艺术的多元化，使得西蜀大地地灵人杰，俊才辈出，孕育出了独特而丰富的西蜀画风。

梅花成扇（17×46cm）

这次花鸟画作品邀请展，综合来看，其作品既不失传统底蕴，又不乏现代元素；既散发着浓郁的乡土气息，又展现出温雅浪漫的诗意情怀。从中可以鲜明地感觉到，成都花鸟画家们对中国民族传统文化有着自觉而执着的追求。在传递和继承中国花鸟画艺术的过程中，在当代普遍

竹外桃花（55×100cm）

性的浮躁、造作环境里，能够相对沉静，注重自身修养，强调学术理念，关注现实，观照自我，并把这种关注和观照放进对客观物象的写生和主体性情的抒写之中。换句话说，就是既继承古代文人画家讲究文化修养、重视笔墨，又高扬“师造化”的大旗，寻求花鸟画的真情实感，强调花鸟画的入世精神，使花鸟画注重写生描绘的传统和文人画讲究性灵抒发的传统有机地结合在了一起。中国花鸟画这一艺术形式从来就不是简单地画影图形，单纯地表现花鸟之美，它不同于欧美国家的植物画、动物画，而是以草木鸟禽等为表现对象，把花鸟作为抒发和表现人的意念、情怀、思想、精神的重要媒介，以个人对生命、对自然的特殊观察和感情，通过生机、生气拟人化地表现自然万物的生命本质，诉说自己的心灵感悟、对自然界的体验和认识。所以，从这个展览中，我们可以感受到一股整体的、鲜活的、清新的气息以及儒雅的画风。现实中正在消解流失的生物多样性在这里以烂漫山花、荷风竹露、蛙鼓虫鸣、好鸟争春等等不同风格、不同流派的艺术形式和内容展现出来。画家们在思考和实践着用花鸟画来表现更为宽广的人文情绪和艺术理念，表现现代人的审美情趣。同时，在“技”的方面，在传统的书法用笔和以线为主的笔墨语言基础上，也各尽所能，推陈出新，使得花鸟画艺术语言更加丰富，呈现出了许多新的视觉张力。

人若有情，花亦解语。在人与花、与鸟、与画，以及人与人之间，“情”字一以贯之。能否解语，是一种缘分……

2011.5.30于竹庐

高蹈精神 宽云飞扬

『书画同源提名展』献词

书画同源，是中国文化所独有的一种文化属性，以其不可替代和不可忽略的艺术理念和艺术作品，卓立于世界文化之林。它至少涵盖两方面意思：一是中国文字与中国绘画在起源上有相通之处；二是中国书法与中国绘画在表现形式方面，尤其是在笔墨运用上具有共同的规律性。在这个基础上，中国画的笔墨和中国书法的笔墨相辅相成，互为有无。不管是中国画还是中国书法，“笔墨”都属于形而上的观念性的范畴，它是中国书画艺术的根本。如果放弃了数千年累积演进的文化积淀，就等于放弃了中国书画艺术的独特性和民族性。在不同文化多元价值共同展现于世界艺术之林的今天，具有民族性的艺术，无疑是独特而珍贵的。

因此，宽云文化机构经过理性的思考和学术性的慎重选择，在当下普遍性的浮躁、喧嚣时期，高调推出了“书画同源提名展”。高调的原因不仅在于以此引领大家对“书画同源”的内涵和外延作进一步的认识，从而更好地继承传统，弘扬文化精神；而且从较高的层面上看，这一举措，更是对中华民族之魂的文化属性的一种难能可贵的坚持。它必将在今后的日子里，对整个社会领域的文化生活乃至经济、政治生活产生广泛而深远的影响。

和气雍容则入大道（55×50cm）

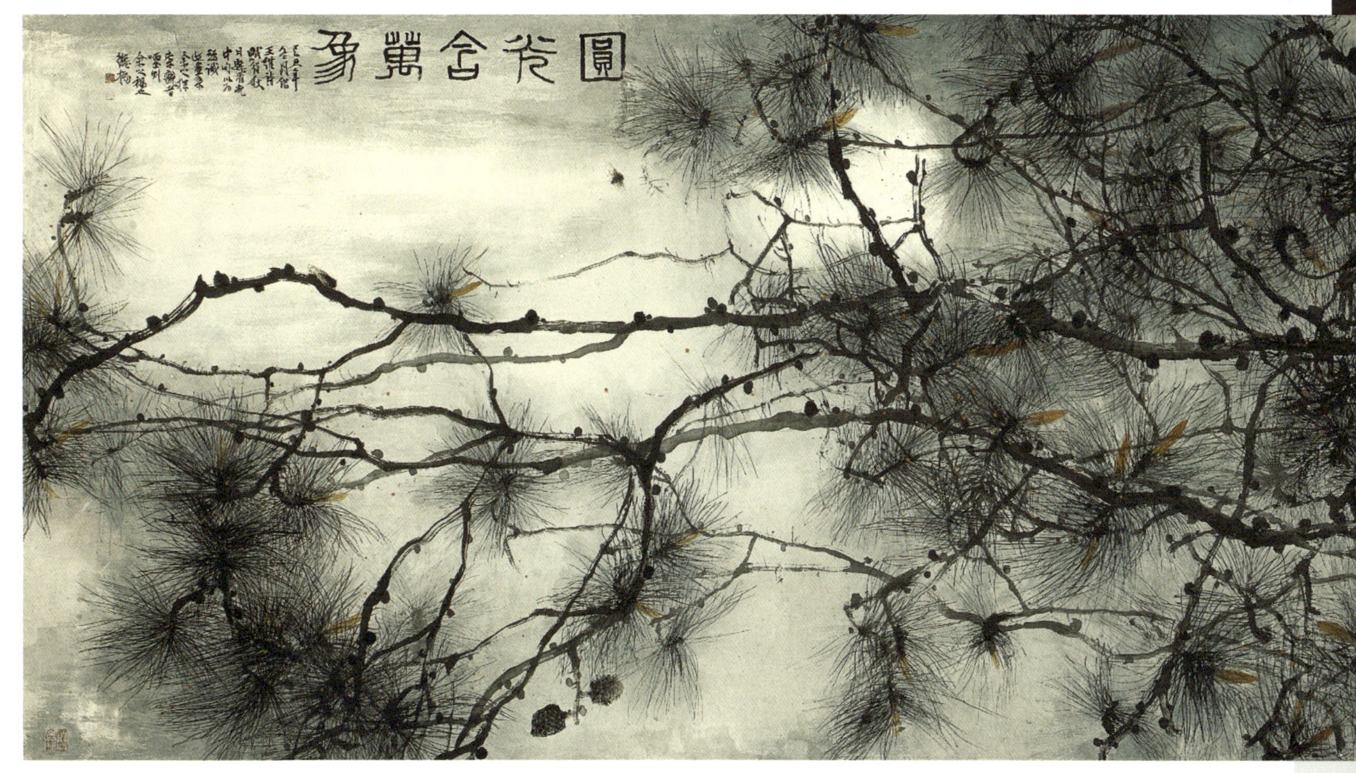

圆光含万象（90×173.5cm）

中国书画，就其实质而言，是观念性的艺术，是形而上的范畴。其学术亮点是“妙在似与不似之间”的神思遐想，是“石如飞白木如籀”的比兴抽象。“心似白云常自在，意如流水任东西”，“观庭前花开花落，看天上云卷云舒”——如此高蹈精神，非“宽云”难以飘逸，非“宽云”不能飞扬。因是之故，首先在四川范围内，经过宽云文化机构的慎重提名， 20余位植根于“书画同源”，在艺术创作中书画兼善，很好把握中国书画技、道并举的，在社会上具有广泛影响力的书画家得以在“宽云”旗下聚合集结。由于是提名展，其艺术作品的内涵和张力足以与“宽云”的艺术主张相契合，其艺术作品的理念足以与“宽云”的文化坚持相砥砺。

宽云得自在，长空任鸟飞。有“宽云”的文化坚持，书画艺术自然高蹈，艺术理念，自然飞扬。“书画同源”的艺术理念在“宽云”的文化坚持和书画家们的艺术创作中，必将得到很好的传递和继承。

……

2011.8.18于竹庐

杂感

临唐人写经

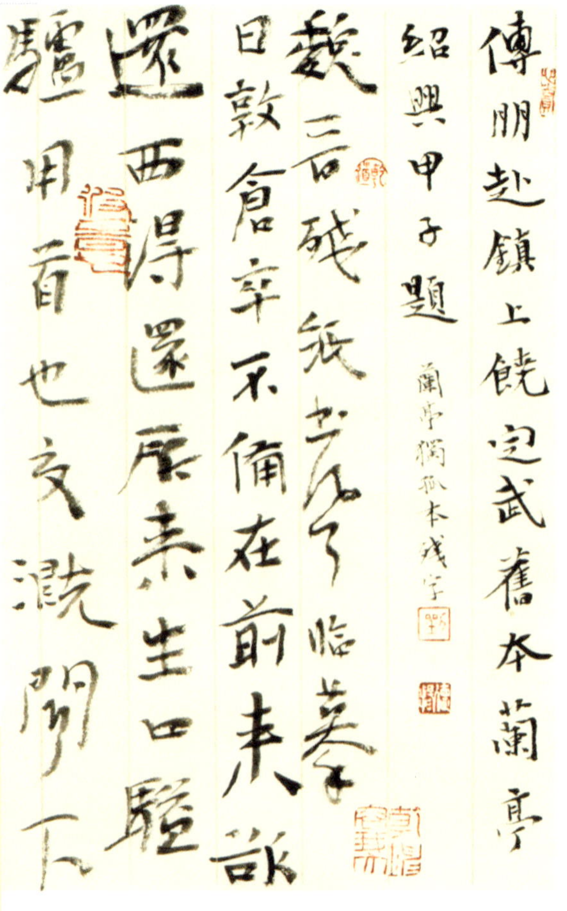

一边是南非世界杯开幕式直播，一边是我们的中国艺术节，宋祖英在高歌“中国盛典，神州气派”。可此时此刻，在世界杯开幕式直播之际，我却怎么也找不到“气派”的感觉。欧美国家且不去攀比，我们的近邻如日、韩，不能比么？甚至小小的朝鲜，何以他们都能打入世界杯，而泱泱大国13亿人的我们，只能望而却步？

恰好傍晚看电视里播放动物世界。野牛体魄远大于狮子，其角、其蹄都是狮子生命所不能承受之重。然而，哪怕其种群之众多，个体再勤劳，依旧年复一年地被狮子追逐、吞噬、扑杀，只能以大量繁殖种群来消解悲剧、自我慰藉……

也是电视节目。看到全国“青歌”大赛美声组的演唱，又是郁闷。清一色的“哈哈拉拉”，一片“鸟”语浅唱低吟。我就弄不懂，美声唱法它仅仅是一种唱歌的方法、一种用嗓运气的技巧、一种表达情绪演绎思想的手段，为啥不能用这些方法、技巧和手段去唱我们自己的歌呢？为啥要哼哼哈哈才是“美声”呢？一说到美声演唱，就大多是“咏叹调”、“我的太阳”之类，而且穿着也多半是燕尾服、蝴蝶结。每当看着那些短颈矮小的歌者们扯着喉咙提着气在那里九曲回肠地“哈～哈～拉～拉～”，

云（34×34cm）

我就想哭！一方水土一方人，我们有自己的服装，即便是唱美声，非燕尾服、蝴蝶结不可么？腻不腻味呀？！换位思考，我们看着老外们穿着我们的服饰，说着蹩脚的国语，大家感受如何？由此又联想到绘画艺术。毕加索、米罗够现代了吧，在他们的笔下，无论是油彩、水粉还是铅笔、雕版，表现的都是他们西方人的思维方式和审美取向。即便是被中国水墨和毛笔所吸引，其作品依然是毕加索、是米罗自己的。我们的画家呢？一说起当代艺术就不得了，架上、装置、多媒体、镜像，大嘴憨笑、两眼呆滞、割食内脏、废物堆砌等等，媒体追捧起来也是口水滴答不可名状，完全是乌七八糟的强奸式忽悠。艺术形式和艺术内容这一个简单的小儿科问题都弄不明白，买椟还珠、皇帝的新衣等悲喜剧轮番上演就自然是很普通的事了。

唉，天命之年还如此“愤青”，不说也罢。不过，如此一宣泄，似乎也有了些许阿Q般的“自慰”快感……

妈妈的！

2010年6月于竹庐

安（34×34cm）

摇落见风姿（34×34cm）

味道江湖

江湖味道，酸甜苦辣，演义多少英烈肝胆；味道江湖，悲欢离合，成就几许儿女情怀！

得意江湖载酒行，一壶浊酒喜相逢！

大漠旷野，青山不改，绿水长流。帝王豪杰，奇侠异士，骚人墨客，女史名媛，笑傲江湖！弹铗高歌，广陵绝响，有道是“醉里挑灯看剑”！红袖添香，杨柳晓岸，好一个“今宵酒醒何处”。长空响雷，曹孟德煮酒论英雄；凤凰琴心，相如赚得文君卖酒。稼轩醉松，“要愁哪得功夫”！渊明放浪，“我醉欲眠君且去”。更有东坡夜饮，“酒气拂拂从指间出”！江湖味道，“酒酣胸胆尚开张”！味道江湖，“诗酒趁年华”！

“坐琼筵以对花，飞羽觞而醉月。”江湖味道，如歌行板；味道江湖，如梦意境。

轻轻举杯，细细品味……

甲申春于是斋之南窗

款款而来（30×45cm）

砚边话语

福也风云，祸也风云，乐也风云，悲也风云。尘世风云变幻，沧海桑田，其间差异，人生际遇耳。

我已婷婷 不忧亦不惧（68×45cm）

纵身大化中，不喜亦不惧。

竹性平和，不择地而长，不因人而芳。处大富豪宅或农家小院，皆清新自宜，摇曳君子之风。古人有云：“相送当门有修竹，为君片片起清风。”

来是偶然，去是必然。来来去去，处之泰然。

不太多也不太少，足够而不奢华，是最舒服的境界。

禅语有句云，眼睛一睁，什么都无；眼睛一闭，什么都有。

参禅打坐，眼高手低；装腔作势，聊以诳人。

雨打芭蕉，境由声造；月移修竹，情应影生。

艺术中最无聊的事，是所谓“学术”理论。这总让人

我家荷塘 · 阿桂篆刻

联想起文化掮客和画商。画家画自己的画，演绎自己的情绪，哪有那么多的逻辑预谋和理论设计，完全是内在修养的随机演绎和抒发。影霸发掘演员因为有钱，画商包装画家因为有圈。“学术”定位画家，大概是因为有某种实力可以口吐莲花朵朵，以致天花乱坠。然而，演员离不开影霸，画家离不开画商，更不能没有“学术”的定位，这就是所谓光怪陆离的现代。

孤独并非都是痛苦，许多时候是一种难得的清静和怡然自得。

在复杂的现代社会里过简单生活，实在是一件不太容易的事。

把植物拟人化并且

梅花瘦如诗（34 × 34cm）

世俗化，王冕有诗为证："冰雪林中着此生，不同桃花混芳尘"，一副出淤泥而不染的清高样。

苍鹰站得高，看得远。其实，高处不胜寒，脚下打闪闪。

芳心自许，馨香自知，何必许与东君，报甚春消息。

独坐幽冥，修持内省，思众妙之门，梦庄周之蝶，处无为之事，行不言之教，是为道。

无禅堂有句云，不见梅花，如何画梅；只见梅花，如何画画。妙绝！

菩萨畏因，所以注重行善；凡夫畏果，就及时行乐，注重现实福报。

平民生活，其乐无穷。

眼无南北，心存东西。有此胸襟和定力可得正果。

赤条条来去无牵挂，说来容易，真正做起来就难啦。

古人题咏荷花"卷舒开合任天真"，此话如用之于人，恐怕是天人。

"无风清气自相吹"真是写尽荷花情态！没有风，却有清气相吹相拂，何等境界！真想一叶扁舟直入融融之中。

荷者，合和之谐也，所以有和气生财、和为贵、和合双全、和气致祥等吉言。究其因，莲花朵朵托观音是也。菩萨在上，福善满堂。

鲁迅先生曾有散文诗"桃花红，李花白……花有花道理，我不懂"，其调侃幽默竟有些许悲壮滋味。花之一物，乃自然之精灵，人见人爱，我见犹怜。于是被拟人化，于是惹出许多怜香惜玉的风花雪月，更惹出许多悲欢离合的海誓山盟。天地玄黄，宇宙洪荒，花有花道理，我还是不懂。谁懂?

一点芳心只自知，既是一种得意，也是一种无奈。

与人为善，然而时常是人不与善，真是天道无常。

相对现代，古人无太多声色之惑，特别是晚上一盏孤灯飘摇，静思冥想，所以画中有心；现代人太多声色之惑，所以画就是画，有感官刺激就行。

板桥画竹“一枝一叶总关情”。其中“关情”二字紧要，是画眼。

画写意好比随缘，来不得丝毫勉强和做作。随心所欲，平心而论，因机而生，有感而发，在必然之中找偶然，在偶然之中求必然。如果“着相”，离写意就远了。

在蔬菜这个前提下，萝卜青菜，各有所爱。画自己的画。中国优秀的传统绘画艺术浩如烟海，学尤恐不及，切不可因“沉渣的泛起”乱了方寸。

回顾历代凡有成就的艺术家，必定对人类世界都有着深切的关注，这种关注不一定是政治式的，但却必须是生活的和深层次的。只要有了这种深层次的对人类世界的关注，那么，不管是山水、花鸟、人物画还是其他领域，都可以产生艺术大师。

没有张扬、没有狂怪，让人从一片平静安谧中悟到清，看到清，应该是为人、为文、为艺所追求的一种境界。

看画要看画家画中的话。所以看画要读，要品，要玩味。

好的画作就应该像云一样，给人留下阅读、补充和完善的空间，让读者自己去驰骋，去想象，去发掘。话说白了，就没有意思了。

通常人们把题款用印视作书画作品完成后的一种习惯动作，一种约定俗成的方式。实际上它应该既是画作的说明，更是画作的补充，是调节画面虚实轻重的最后手段。

人不犯我，我不犯人；我不犯人，人亦犯我，奈何？

声（40×34cm）

特别是大“革”文化命以来，中国文化遭到“史无前例”的浩劫，文化沙漠的现实存在决定了迷茫忧患的现实意识，真可谓“黄钟毁弃，瓦釜雷鸣”，洋奴哲学甚嚣尘上，西方理念大有指导东方理念的势头。由于对中国文化理念理解的苍白和轻浮，于是“无知就无畏”！于是敢于猛烈抨击中国传统文化！敢于宣布中国文化已穷途末路！“乱哄哄，你方唱罢我登台”，一出现代滑稽戏……

没有力量的积聚，没有素质的提高，“一拳打破去来今”，简直是天方夜谭。耐得寂寞，才可能有“蓦然回首，那人却在灯火阑珊处”的境界。

莽莽星空下，万物皆有其生存空间，好自为之，乐在其中，不必叹息。

书（40×34cm）

一幅好字、好画、好的印章，不仅要人看，更要人去想，要给欣赏者留下自己去丰富、去补充、去完善的余地，让欣赏者在“空”的一面自由发挥想象力，见仁见智，各显神通。自己也可以从中不断得到再创作的乐趣。

文化艺术的发展，应该是多元化的，每个民族和地区的传统之中又潜藏着巨大的包容性。一个多元化，一个包容性，应该是我们认知文化艺术的基本原则。

绘画的过程，是一个感情的发现、感情的培养和感情的宣泄过程。在这个过程中，表现感情是主要的，用什么方法，采取什么形式和手段，那是很次要的。

“宁为斟酒意，不存下棋心”，古人此语意味隽永！可惜人心不古……

八大、昌硕、白石甚至以远时代，既没有美术界之说，更没有评论家、策展人之类，但大家辈出。现在有搞美术的，更有搞评论的，还有搞策展的，条件好得多了，为什么缺乏众望所归的大师呢？还是一个“搞”字坏了事！在中国文字中，唯有“搞”字意味悠长。

相送当门有修竹，为君片片起清风。此为君子之谊，难得，难得！

见色明心，是佛家语意。用之画画，也是大课题。

说似一物即不中。中国画讲究意蕴、味道，能脱开物象看出其他许多东西，就有了观画的乐趣。

佛性本无南北，绘画也无国界。美的东

著名鉴赏家毛永寿先生信札：

儒者、诗人、哲人的书画家。了壬话语，是乳汁、是酷暑的冰块。在你的画中渗透出新的美学思想，看到了哲理根源。德扬同好鉴示

永寿壬午十月

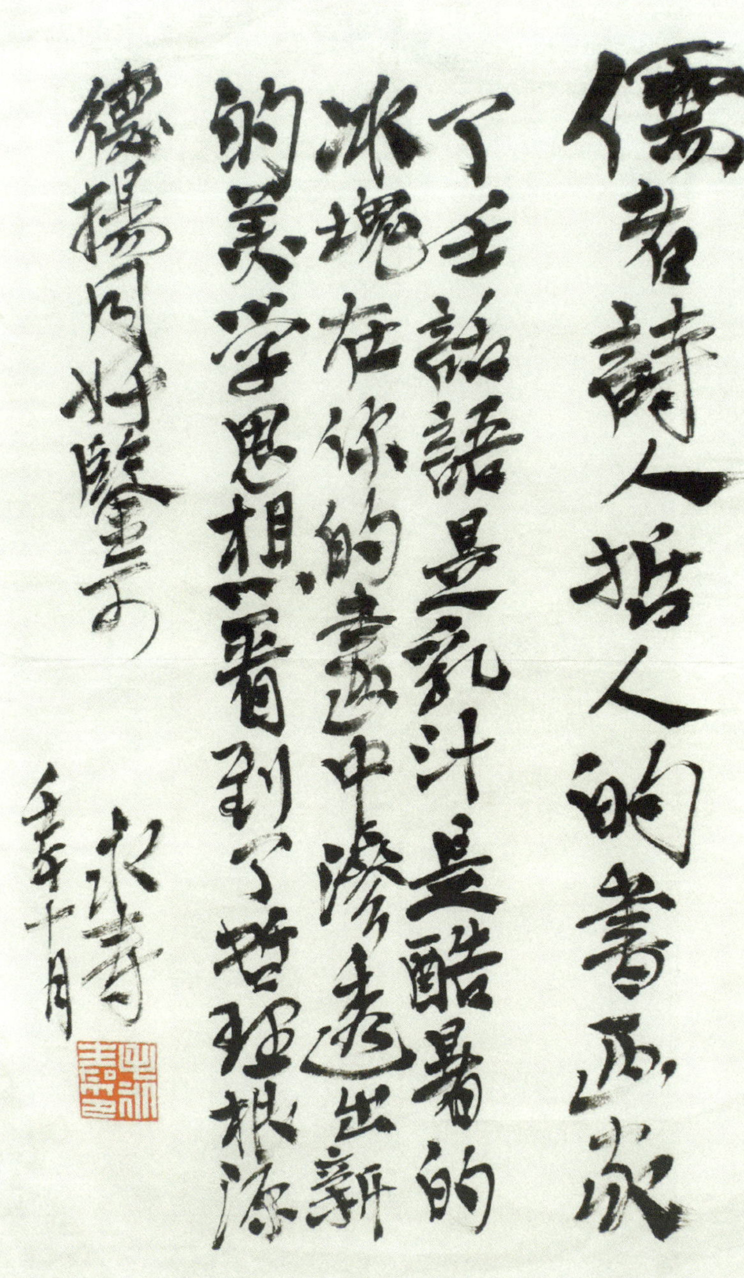

儒者詩人哲人的書画家了壬話語是乳汁是酷暑的冰塊在你的画中滲透出新的美学思想看到了哲理根源德揚同好鑒示

永寿 壬午十月

莲花朵朵托观音（17×46cm）

作品局部

西是人所共有的。在此基础上，不同的是文化差异和生活习惯产生的个人偏好，完全没有先进和落后的问题，比如远古非洲岩画和华夏汉砖石刻。

风干自我，谈何容易！人们总是乐意王婆卖瓜。自省需要勇气和自信。

“梅花瘦如诗。”画梅贵瘦鄙肥，如果臃肿，则不能体现梅花的高洁素雅和清姿逸韵。

我被你钓，你被谁钓？螳螂捕蝉，黄雀在后。自然生存没有赢家。

纪晓岚说“人无风趣官多贵，案有琴书家必贫”，原因在于读书人多半是寻章摘句老雕虫。所以，要小心伺候自己，要与时俱进，勇于自我大甩卖。如此方能摘帽转正。

留不住，留住是烦恼。弃我去者昨日之日不可留，要有与往事干杯的豪气。

古人云：“我见青山多妩媚，料青山见我应如是。”所以，我心与青山吻。

画图难足，但许多时候人们总是喜欢画蛇添足。

无风也清凉。这个清凉来源于人的清，画

的清，格调的清。所以，古人有“无风清气自相吹”的佳句。

抬头无恩，闭目无怨。做人、画画有这个心态就行！

风趣只在随意中，一旦经意刻板，还有什么天真可言！所以，我喜欢看儿童画。老舍先生在《昭君出塞》中形容王昭君“天然装、淡淡样，好一个汉家姑娘”！如果她又是文眉又是眼线又是粉底加青黛口红，肯定把单于吓一坐笃！

好奇只在神秘处。话说尽了，画画完了，也就没什么好奇与神秘了。

三百六十五里路，年年走。路上歇歇脚、观观光，骑车坐车乘飞机都可以，就是不能转圈圈甚至走下坡路。

古人画大白菜寓意清白。先贤有句云，“官不可无此菜，民不可有此色”，居官不清没有清白可言，而人民脸有菜色却是惨不忍睹。

东坡云：“酒气拂拂从指间出”，豪气俨然！但如酒气拂拂从先生足下的涌泉出，不知后果如何。

“洗碗去吧”是佛门公案。这每每让人想起“是真僧只说家常”的大白话。

古人观察物象并予以炼句锤字、总结归纳的手艺实在是无以复加。形容荷花的娇嫩与鲜活是“酒入香腮红一抹”！那种美人不胜酒力、眼波流动、“饮酒美如花渐放”的情致呼之欲出。这种赏花，赏出了极致。

古诗句“小荷才露尖尖角，早有蜻蜓立上头”，其诗平平，其意平平，完全是一句大白话，却流传至今。由此可证——平凡见真奇！

“云在青天水在瓶”是佛家语。万事万物各有其存在的道理和空间。但要认准自己的生存位置、把握自己的行为准则、活动层面却实属不易……

天地本来无文章，下笔却听风敲竹。杀猪杀屁眼，各有各的杀法。

古人往往状物拟人，如兰蕙美人心，樱桃小口，眼如秋水，肤如凝脂，读着直叫人心旌摇曳，想入非非。这就是效果。画画就是要尽量画出这样的效果。

赵之谦画墨梅朱竹有句云，“打破圈圈，就是这个”，堪称妙题！观之社会、经济、文化生活各层面，若能如此，皆大欢喜。

苏辙“朱栏月明时，清香为谁发”是问荷，陆龟蒙“莫引西风动，红衣不耐秋”是惜荷，林景熙“无风清气自相吹”则是赞荷。

通常，人们乐山乐水，高兴的是“空山鸟语”，是“蝉噪林逾静，鸟鸣山更幽”，而王安石偏说“一鸟不鸣山更幽”。这就是仁智之见，情因心生。

人在夹缝中生存，要耕好自己的心田，就要保持灵台空明，“心静自然少忧烦”，心情好，什么都好。

彭先诚老师讲，中国画有三个层面不能少，右一是造型能力，二是笔墨功夫，三是文学修养。这关系基础、立足和发展，缺一不可。其中特别重要的是，中国画靠养而不是靠做。这真是至理名言。

万事纷繁，难得清闲；古风悠悠，胸中云烟。
逸思微茫，状如参禅；有此雅怀，便是神仙。

南宋诗人陈亮说自己“入时太浅，背时太远”，如果他搞艺术，特别是画画，这未必不是好事。后人形容龚贤的画是“桥头没个人来看，留取时光在画

和气致祥金笺四条屏（134×34×4）

图”，结果半千先生成为一代宗师。看来，艺术还是需要一点慎独和孤傲。

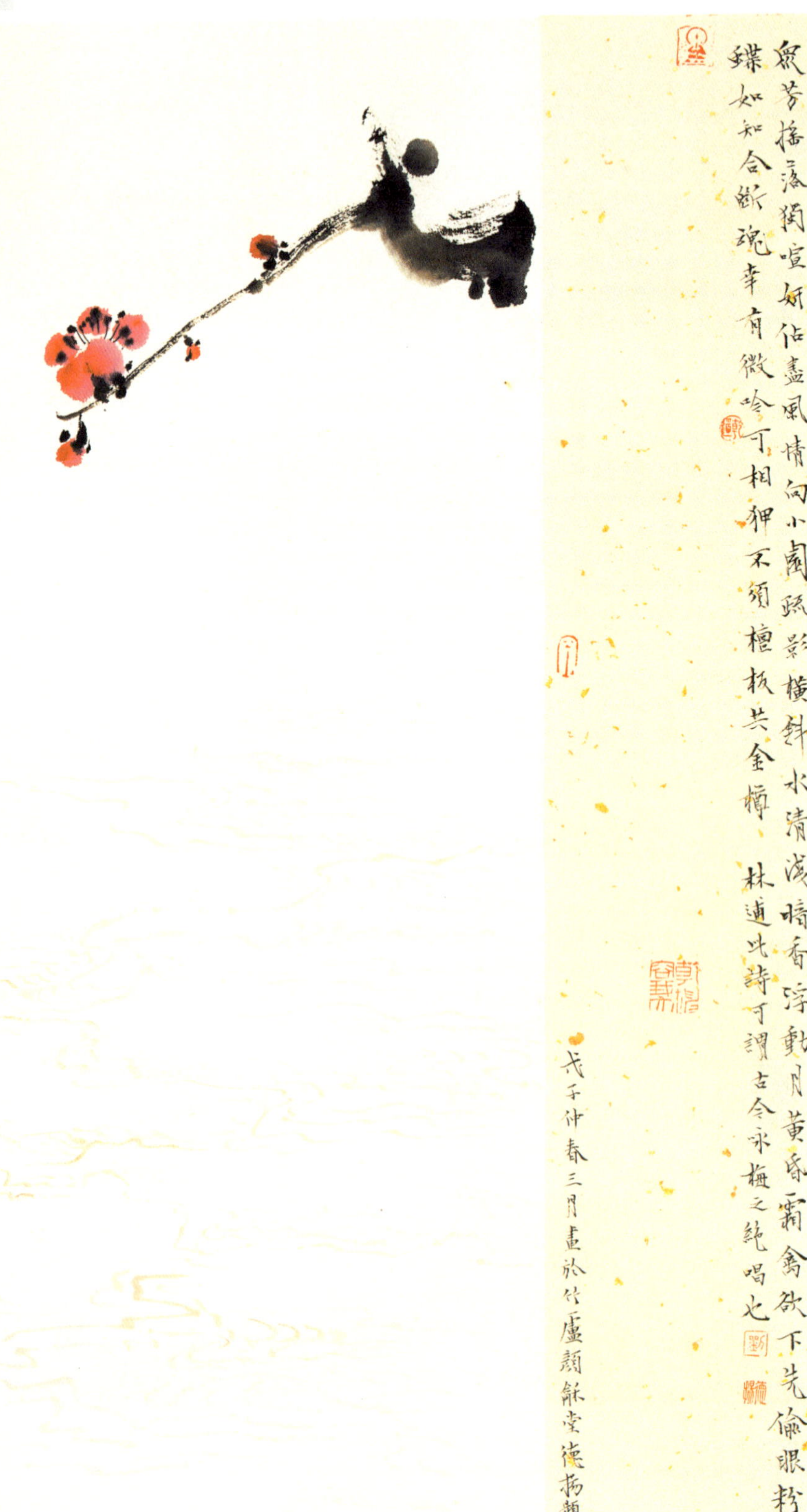

网这个东西很有意思。好的方面是网络，是关系；坏的方面则是圈套，是陷阱。生活中到处有危险的网，这并不可怕；可怕的是不知虎视眈眈与危机在何处。感觉到网的存在却找不到敌人，那才是真的可怕！

红了樱桃，绿了芭蕉。自然法则下，万物各有其生存空间和生存道理。如果失去差别、整齐划一，那将是多么可怕和难以想象。

画竹难得一个“雅”字，做人则难得一个“随”字。

一树梅香还是一朵梅香？

何多苓先生有句名言：“本能使我对潮流和时尚有天生的免疫力。”“本能”是什么？是性情、

一支独妍（58 × 35cm）

是思想、是生命的旋律、是生我养我的民族之魂！

画画时忽然想到成语“适可而止”。作画过程中知道“适”和“可”已不容易，能“止”下来更是困难。如果作品能“适”“可”而“止”，那肯定是幅好画。

现在总听到一种说法，要提高画作的制作难度。于是，作品要画得很复杂、很细腻（所谓丰富、功夫），画幅要大（所谓气势、张力），从而达到“制作难度系数”。试想，如果八大、吴昌硕、齐白石等生于当代，必定会因其作品没有所谓的“制作难度”而无地自容。

栽花养草，兴趣在于期盼与想象。

孔子说，“芝兰生于深谷，不以无人而不芳”，并以此喻高洁之士同心一致为“同心之言，其嗅如兰”。兰不以姿色受宠，而是以幽香名世，因而被称为“香祖”、“王者香”、“兰蕙美人心”。

许多人都认可，东西方绘画是两种体系。然而现实中我们的人却很谦卑，提倡引进和嫁接西方绘画，借以改良我们“没落的中国画”，非此则有保守落后之嫌。我常常想，为何米罗即便引入中国水墨、日本纸所创作的作品，依然是“米罗”，而我们大多数人的作品却是四不像了呢？邯郸学步，悲哀之至！

俗话说“有钱就是大哥”，简直有理。过去属不毛之地、贬谪之所的广东、福建、香港、台湾等地，现在却可以领导文化新潮流，粤语、闽南语歌曲满天飞；一些快餐文化、搞笑文化，能在神州大地狂刮这样“流”那样“流”；只有几百年文化积淀的

墨竹蜗牛（局部）

清白禅风（局部）

美国可以成为世界文化的评委。时代不同了，文化积淀和悠久的历史有什么用？嗯，还是“跟着大哥操，免得挨飞刀”！

节节顺利，步步登高，澄怀虚心，君子风范。

北宋名士孙侔不愿为官，避世养节，吟《栽竹诗》曰：“更起粉墙高千尺，莫令墙外俗人看”。宰相晏殊却志在天下，不避雅俗，诗云：“何用粉墙高千尺，任教墙外俗人看”。心志不一，不可勉强。

相对于时间长河，蜻蜓款款于河塘柳岸是一个瞬间；荷花的生长、开花、结实是一个瞬间；人的一生，不管多么辉煌，也是一个瞬间！所以，佛语要问“来世我是谁”。

晨钟暮鼓、沉香木鱼，何其单调，此为佛教之误途。禅宗讲求即心是佛，不求形式，万事随缘，所谓“洗碗去吧”。这是正道。

迷迷茫茫，恍恍惚惚，艺术于人重在想象方有余味。话说白了，虽然痛快，则到此为止。该清醒时模糊，那是装怪；该模糊时清醒，那是二百五！

生活中如果没有孤独，智力范围无法拓展。

体味孤单的同时，也享受着自由自在。

寂寞和自由是双刃剑。有人走剑锋，在寂寞中窒

河北省作家协会

14×17=238

著名漫画家、文艺家韩羽先生信札：

德扬先生，时值春节，鞭炮声中捧读尊作画册，笔墨恣肆淋漓。欣欣然、爽爽然。见15页，忽有启悟，试将满纸尽布枯枝，只留梅花一朵，当亦别有情致。

砚边杂感“菜色”句，似为清人（？）所言，阁下盛情，使我掠人之美了。一笑。谢谢厚赠，恭贺年禧。

韩羽二月四日

息；有人游刃有余，在寂寞中找到自己。

《皇帝的新衣》是丹麦著名童话作家安徒生的代表作之一。然而，目前面对许多所谓文化创新和观念革命，人们却常常不得不成为这“新衣”的观众，其痛苦是还不能把此事说破。

作品局部

清纯来自天然，妩媚源于娇羞。如此则风情万种，叫人神思遐想、意乱情迷。白居易诗云：“千呼万唤始出来，犹抱琵琶半遮面”。一个“遮”字，伊人情致风韵活脱可见，甚至香风习习可嗅！

作品局部

古人论画说“画令人惊不如令人喜，令人喜不如令人思”。所以，看画重在观赏、重在品味。一幅画如果不能让人有这种层次性的欣赏，那就只能是看看而已。

古人讲书画要“媚道”、“畅神”，二者结合浑然一体难能可贵。现在而今眼目下，要么“媚道”，光鲜热闹好看；要么“畅神”，装神弄鬼谈玄。

“笔墨乃寂寞之道。”寂寞一词，虽有孤单冷清、落寞惆怅的意思，更有清静寂然的意味，在此主要还是后者的意味。没有清静寂然，就没有深思熟虑，更不可能有什么天人合一。换句话说，就是耐得寂寞，才能深研笔墨之妙。

傅抱石先生说，中国画的基本精神，就是“文”、“人”、“画”。文是学养，人是修养，画是技巧，三者缺一不可。

书画之道的灵魂源于作者的气质和胸襟、魄力，这可从其款识看出。如赵之谦《梅竹图》中“打破圈圈，就是这个”，张大千的“识得梅花是国魂”，吴昌硕的《梅花寿者相》以及《佛手》中的“十指

紫气东来（104×22cm）

参成香色味，一拳打破去来今”，无一不体现其学养和魄力。

常言道，百病可治，俗病难医。就书画之道而言，此病可用“五多汤”：多看、多想、多问、多写、多画。常年服用，效果自显。

武侠奇招为“剑走偏锋”，书画造势炒作则是“左道旁门”，非此无以制胜。

杨万里《夏夜追凉》诗云：“竹深林密虫鸣处，时有微凉不是风”，由此可见心境之重要，心静自然凉，慎之慎之。

佛祖释迦牟尼降生时，脚踩莲花七朵。这应该是日后禅宗繁衍教化的预兆。以莲寓禅，实属当然！

书画艺术雅致脱俗轻灵动人不难，难在深沉和博大。

梅之清逸在瘦，人之风骨在气！

“心似白云常自在，意如流水任东西”其实是一种人生境界，可望而不可即。能在一种过程中有意识地追求这一种境界，就很不错了。

为文为艺的要害在于“独执偏见”、“一意孤行”。

七祖怀让点化马祖道一云：“磨砖不能成镜，坐禅岂能成佛。”画画亦然。

每读良宽和尚“夜雨草庵里，双脚等闲伸”诗句，总要神

莲子心苦有谁知（40×40）

小驻（34×34cm）

往其意境和他的自在适意。嚣嚣尘世，能得“等闲”二字，何其妙哉！

每个人都有只晓得吃的时候……

世人画花，难得绰约二字。俗语说“美人如花”。不解美人风致，何以绰约？

不说是说，说是不说。适意、随缘。

不看白不看，看了也白看。两可之间为一瞬。

思维有多深，世界就有多大。何况无忧无虑。

自将香气远，何必称花王。

读闲书，看到歌德“我爱你，与你无关”诗句，细细品之，意味隽永，可谓口齿留香。

我自芳菲，世称夭桃，惹了谁啦？

“美的极致，便是安详”；人之善极，便是修心。

画画有如杂技。精湛的高度需要精密的构架和力量的搭配。简单的积累与堆积，并

莫引西风动（34×34cm）

芦苇双鸭（局部）

不能达到炫目的高度。艺术需要“巧合”！

何必上架去，甘愿下塘来。

黄公望“画不过意思而已”，徐渭“舍形而悦影”，昌硕先生之“苦铁画气不画形”，皆直指中国画之精要。会此意者可得不二法门。

成语“老气横秋”，以此形容人摆老资格，自以为了不起，也形容人没有朝气，暮气沉沉。可是，此话用以题秋荷，堪称绝妙。一个“横”字，秋荷、秋池、秋风、秋雨的意蕴无穷。

大富不俗，真水无香。

中国画讲究书画同源。实际上，中国画也是诗意的。许多时候，在看画时读出来的是诗意；读诗时，感受着的却是赏心悦目的画面。譬如清人华岩一幅小鸟图，题诗为“落瓣误虫飞”，细细体味，可谓隽永。

机会时时都有。然而，许多时候所谓的机会，却实在是可遇不可求。

读《大秦帝国》一书，见有“唯其能酒而本色直道，真英雄也”句，很喜欢。苏涣有诗云“兴来走笔如旋风，醉后耳热心更凶”。贯休之说则为“醉来把笔猛如虎”。东坡先生更夸张，直言“酒气拂拂从指间出”，其状如睹。尼采说的酒神精神，亦为高蹈精神。其理即与所谓醉翁之意不在醉，而在无念之间相近。古人云，诗善醉，文善醒。没有醉劲，性灵的穿透力就不行。时时蹇蹶、心灵束缚的东西太多，如何高蹈？

冰之清，玉之洁，有谁在乎其出于淤泥。世谓英雄莫问出身，美女亦然。

对于卖画，唐云的一段话很有意思：“着色者易卖，山水中有人物者易卖，花卉中有翎毛者易卖，工细而繁杂者易卖，霸悍粗犷吓人惊俗者易卖，章法奇特而狂态可掬者易卖”。观照目前书画市场买家卖家的种种众生相，真心对唐公服气！

眼中之云，云中之烟，烟中之我，孰有孰无、孰真孰幻，万象迷离中天人合一，弄求不清楚才是物我两忘境界。

我是乐汉。此乐汉不是彼罗汉。彼罗汉虽享人间供养，烟熏火燎而虚无，此乐汉日出而耕、日落而息，悠闲自我而实在。

随着时间的变化，不变的总是那些内在实质的东西。

殷殷爱意，在于那看似不经意的关切之间。

不能预见未来，用心耕耘现在。

紫者，青赤之色相间也。华夏文化以紫藤寓富贵之象，故此物得其欢喜，以为祥瑞。画者每每图之以求祈福。

厉樊谢《吟崇光寺》“花明还要微阴衬，路转多从隔竹看”，颇具画理，当细细味之。

春光虽好，却难免时有内心纠结。

所谓幸福，在于期盼、等待、想象和品味的过程之中。

画荷离不开“骄”、‘娇’二字。骄者，出淤泥而不染，亭亭净植，可远观而不可亵玩；其柔美可爱、明艳妖娆则离不开“娇”字。如此譬如“二八多娇”，会意者一笑。

己丑冬月画《岁寒三友图》得句云：“借取潘翁松一枝，幽竹寒梅得护持。同气相求

才下眉头 又上心头（34×34cm）

宗风近，水墨晕章是我师。”

顾恺之云：“手挥五弦易，目送归鸿难。”此语从嵇康而来。一“易”一“难”转为画理。张扬和表演不是难事，难在内心沉静、专注以及有所思。

“只有一片竹叶，不知多少秋声。”“一杆寒竹含清泪，独对青天说纵横。”语出何人，不知记忆，但是其中韵味却令人击节。

宋人陈亮检讨自己人生得失时说“入时太浅，背时太远”。其时程正同也有诗句“任运且随时”，语意可谓异曲同工。由此想起成都俚语，骂人倒霉为“背时”。除去其中幸灾乐祸成分，真是“言之凿凿，确可信据”。

云水心情我所欲也，
食色人性众皆趋之。

宁静者，空明也。灵台空明，虚怀若谷。空且明则无欲，明且空则有容。如此以至意志专一，可以图远矣。因是之故，诸葛先生有语云“非淡泊无以明志，非宁静无以致远”。诚哉斯言。

菜根宜嚼此生福，
秀色可餐满园春。

辛卯阳春三月客山东菏泽，游百花园观牡丹。记得谢灵运曾有云，“天下良辰、美景、赏心、乐事，四者难并”，信然。余作牡丹图常题款为“大富不俗、真水无香”，度时下人事，慨然。于是有打油一首：“国色天香次第开，春光明艳照眼来。风情万种赏心事，大富不俗是胸怀”！

古诗有云，“满树梅花开一朵，恼人偏在最高枝”，忆及少年时期之得意张狂行径，此语有如棒喝。

对话篇

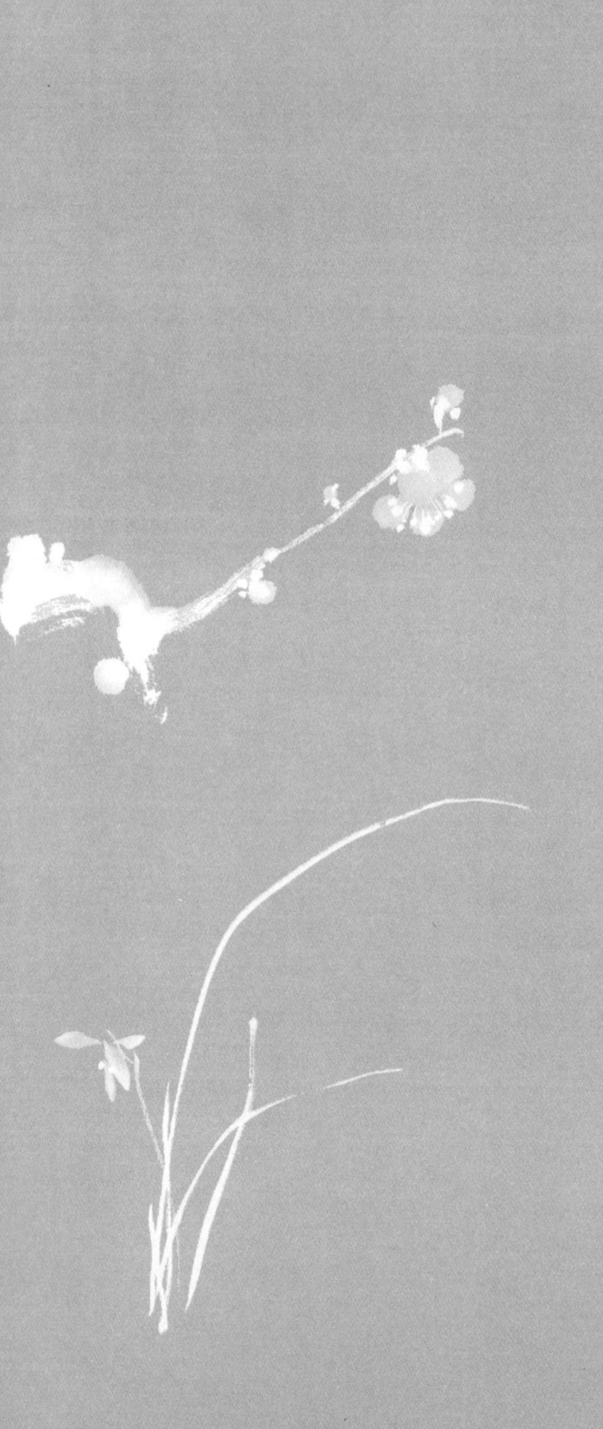

《姓國名畫》薛磊山水畫展覽
開幕式

笔墨淋漓写真性

专访画家刘德扬（大型专题片——盛世收藏）

导视1——

从书法入手继而绘画的他有着怎样的感悟？

他为何选择走花鸟这条绘画道路？

让我们走进画家刘德扬，在这份笔墨淋漓中感受他的真我性情。

2010年4月在个庐创作水墨荷花图（500×60cm）

【画面】“竹庐”——刘德扬画室，现场作画。“2010年4月”

【解说】他谦和、喜静，他远离是非、以和为贵，他喜诗爱文，尤擅绘画，他就是画家刘德扬。来到刘德扬的“竹庐”，仿佛走进了一片竹林农舍，大自然的泥土芬芳，天空下的风和日丽，四季常青的翠竹尽收眼底。有绿荫养眼，有翠筱含烟，有清影摇风，闲坐竹椅，品茶谈心，酣睡小猫，逗趣旱龟，这里到处弥漫着浓郁的生活气息。在这份闲暇惬意中刘德扬带领着我们进入了他的绘画世界。

【画面】刘德扬的书法作品 《载道》（34×68cm）

载道（34×68cm）

大富贵（45×45cm）

【解说】画家刘德扬自幼习书，从书法入手，继而绘画。书画同源，异形而同品。中国绘画注重内美，形神皆备，书不离学，画不离书，这是中国绘画的精髓。观其作品，亦可见书法之节奏。国画曰“写”，而不以描、抹、涂为然，非深解书法，岂能写之？闪烁不定，似有若无，似与不似之间，是谓“恍惚”。刘德扬在书法的形神中感悟到艺术的真谛，在诗、书、画、印等方面，有着难得的灵气和造诣。他的画多以简笔为主，画面清新雅致，配以通晓事理、畅达心情的文字，以书法题之，字画相得益彰，别开生面。

【同期】中国书画严格讲，它是从我们的象形文字过来的，后来才有表音、表意两种区别。而西方文字它是从象形转为表意，只有中国文字始终保持了这两种功能。许多人说书画一家，书画同源，是有其道理的，但这个是从它的起源来讲。实质上，作为中国书法绘画，都离不开毛笔，离不开用笔，所以从这点来说，书法和绘画的根本共同点就在于用笔，这是书画最核心的联系。

【画面】刘德扬的花鸟作品 《大富贵》(45×45cm)

【解说】刘德扬从书法入手，继而绘画，尤擅花鸟，一枝一叶耐人寻味。11岁时因为其大伯的原因认识刘既明老师后，刘德扬对花鸟产生了独特的兴趣，并决心画好花鸟。他的花鸟画是别具一格的，无论形式、色彩，还是精神气韵，都让人读来意味深长。

他用花和鸟来扩张气氛，渲染环境，用笔运色总是显得胸有成竹，干净利落，直奔主题。

【同期】我画画从十一二岁就开始了，当时通过老一辈的人认识了画家刘既明先生，虽然没有拜师，但我从心里跟随着他学画，在他身上借鉴学习了很多绘画上的技法，包括对色彩的感悟，用笔的体会。我画花鸟也是从这个时候开始的。中国画和书法是相关的，花鸟和书法的结合度比山水要紧密一些，它过渡过来也要顺理成章一些，跟山水相比花鸟也更切合书法的习性。

【解说】刘德扬集书画于一身，精于文采，擅长篆刻。他致力于追求画作的淡雅清新、生动空灵，以强烈的视觉张力把观者引入共同的神思遐想之中，在继承传统文人书画注重抒情与写意的基础上，强调现代构成理念和审美意识，集禅机哲理和生活趣味于一体，以简约的笔墨语言，形成强烈的视觉张力，给人以全新的艺术享受。

刘德扬擅书法和花鸟画，其作品先后入选《1978—1998中国书法选集》、中国·四川十一家中国画邀请展、中国西部大地情——中国画展、《中国花鸟画精品集》、《中国名家小品珍集》等。台湾龙藏艺术公司出版了《凝近望远——刘德扬画集》、天津人民美术社出版了《中国画精英人物——刘德扬》。其作品入编人民美术出版社出版的《当代中国画精品选》等。在刘德扬的绘画人生中，他在艺术追求道路上从未停步。2010年6月，成都 “岁月画廊”的开幕大展“审美新起点”共展出了101件名家大作，囊括传统水墨、当代油画、前卫雕塑、版画、书法的精品。画家刘德扬的画作就参展其中，其艺术成就可见一斑。

导视2——

清新典雅的画风中，他追求的是怎样的一种意境？

荷花对他来说有着怎样的个人情愫？

在他的作品中，用墨用色有着如何独特的讲究？

请继续关注：《笔墨淋漓写真性——专访画家刘德扬》

【画面】刘德扬的荷花作品 《寒香映水风》(45×25cm)

【解说】刘德扬的画作凸显其淡、雅、静，笔下尤擅言简意赅、形简意发，淡淡几笔，便勾勒出他心灵的内涵与波动；看似寥寥勾勒，正体现了他所追求的艺术风格。一股清新典雅的画风，一种幽静空灵的心境，不见大山大川，亦不见波澜壮阔，却更能让人沉下心来，从静处去映衬作者的高雅，画意于跌宕中赋予人生情感哲理，让人享受到作者亦诗亦画“自得自乐，时时开怀”的奇妙心情。

【同期】我在我的《砚边话语》中有一句描写荷花的话，“无风清气自相吹”。这个清气是我很崇尚的一种状态，所以我后来写到不管为人为文为艺我都喜欢一种清，这种清不仅仅是颜色的清，也有轻重的轻，君子之交淡如水说的也就是一个清字。

【解说】刘德扬喜欢画荷花，喜欢研磨荷花雨后含苞带露的灵气。他笔下的荷花，有的如翩翩少年，玉树临风；有的如孤傲的老者，背景沉思。而其中有一个共同的地方，便是内心的高洁。他的荷花作品“形神兼备”，观之让人心里有一种怦然一动的感动。实与虚、动与静的结合在他的画中相得益彰，一枝即将离世的残荷，却仍不失本质，出尘不染，晚节高贵，俨然一幅“荷”（和）气。

【同期】我到画院以后就开始画花，画花的时候就一直在琢磨中国绘画离不开点线面这三个字，而我在画很多画之后发现荷花最具有点线面的综合性。莲蓬是点，荷干是线，荷叶是面，这种点线面在画面中的穿插分割就符合了整个绘画的语言。我在研究荷花当中就很高兴这种点线面对我画画的训练。还有一点，因为对当时人事关系的感悟，我觉得“和”字在中国是至关重要的，我通过画荷花表明我心中对和的一种呼唤。

【画面】刘德扬的梅花作品 《梅花寿者相》(28×34cm)

【解说】除了荷花，刘德扬也爱画梅。画梅，更能透露出他对生活的超脱，任它东西南北风，秉性傲雪独自立。刘德扬画梅简约，却不简意，笔端引伸的是文人品格，几朵梅花在静处，却能呈现出鲜活的生命力，闹中取静。用内心情感的功夫来培植高尚的品德，着笔老道，如没有心性，笔下是简化不起来、流畅不起来的。

【同期】古人把梅兰竹菊定为四君子，那个时候士大夫都有一种清高和自负。而梅花开在寒冷的冬季，兰草生在幽谷，竹子也不择地而居择人而长，菊花开在秋季，这四种植物的品德比较接近，我也就比较喜欢画梅花，一种孤傲，本身艺术就是一种慎独，也表现我内心深处的一种或者自豪或者自傲的情绪吧。

寒香映水风（45×25cm）

【解说】观刘德扬的花鸟画，其用墨用色独特而且十分讲究，有冲，有泼，有趣，有韵，有新意。大块留白处一尘不染，墨色浓淡中自然流露，色彩集中时含蓄朦胧，空与实，薄与厚，淡与浓，形成鲜明对比，在视觉上丰富画面层次，在精神上感染观者心境。

【同期】中国画的色墨关系主要是一种对冲，传统的文人画是纯水墨的，而现代人喜欢色彩的要多一些，那么我们也要用一些色彩，但是比如在这个水墨荷花中，我就只是花头用色彩，其他还是纯水墨。纯水墨讲究枯实浓淡，讲究它的节奏，而色彩和墨的对冲是靠水分，先墨后色，先色后墨都有一种讲究，可根据绘画的要求以及自己当时的情绪来变化，没有一个固定的程式。

【同期】朋友对刘德扬作品的评价

梅花寿者相（25×34cm）

对于刘德扬的作品来讲，他的作品不飘，给人一种稳重感。

——赵力忠（中国国家画院研究员、文化部美术研究所研究员、全国政协委员、著名美术理论家）

德扬先生胸次宽广，故能小中见大……故其作品，在形神之外，复含余味，耐读耐品，一枝一叶也关情。

——谢小勇（著名美术评论家、策展人）

德扬的荷，是在观念上的分歧而又无法调和的时刻，为平息内心的波澜的产物。“和为贵”这三个题字泄露了其中的内涵。

——叶瑞琨（成都画院副院长）

德扬的画多以简笔为主，画面清新而典雅，配以通晓事理、畅达心情的文字，以书法

豇豆（34×23cm）

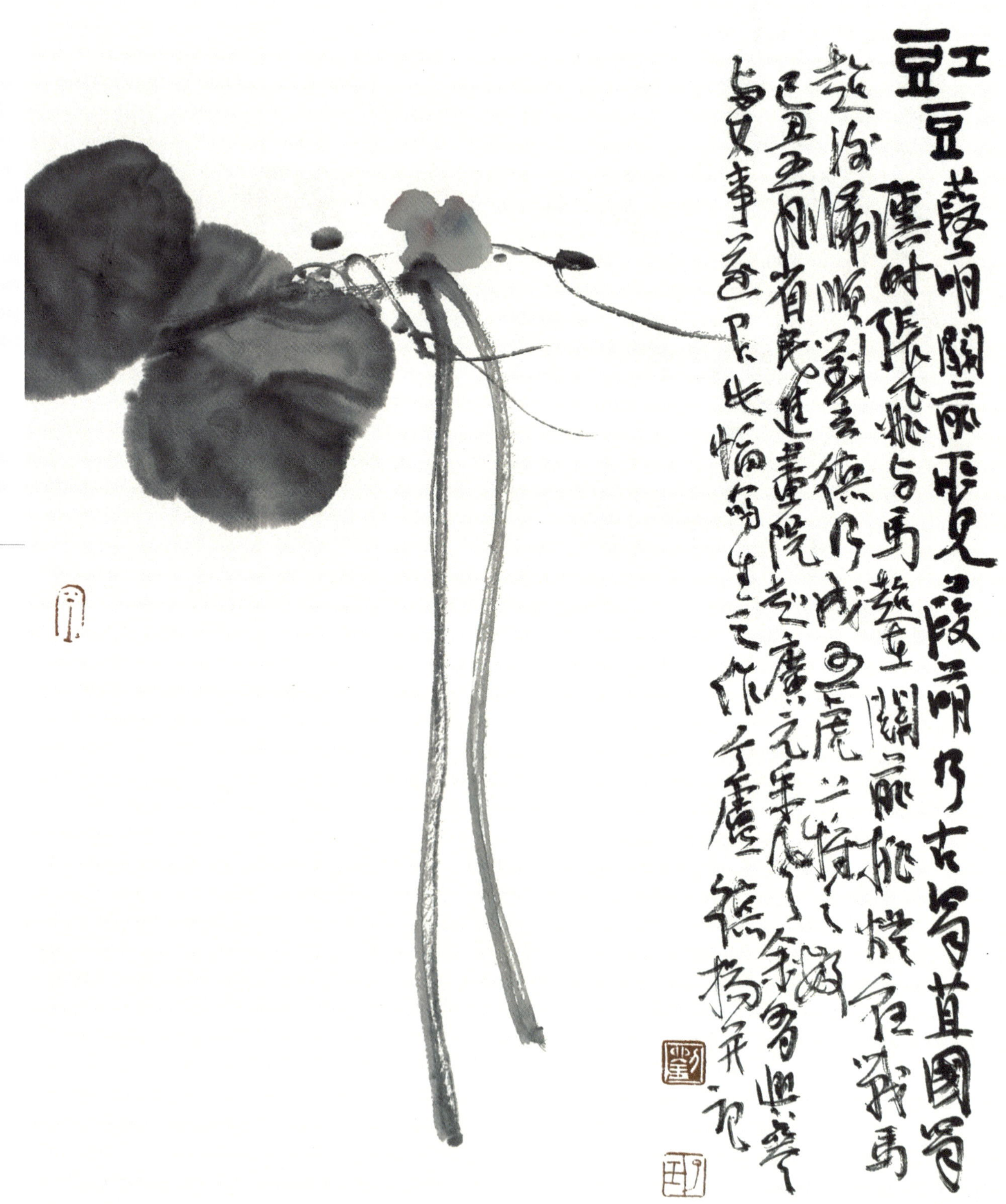

题之，字画相得益彰，别开生面。闲来品读德扬书画、美文是件惬意的事情。

——陈荣（著名美术评论家、教授）

我的夫人喜好书画，看了他的画虽是一阵心潮涌动，却表示找不到恰当的词语来形容它，倒是我说了三个字，“淡、雅、静”。夫人听了连声叫绝，说这三个字可谓直抒胸臆，就是她的切身感受。

——汪道楷（《中华建筑报》四川站站长）

【解说】刘德扬的画，鲜明地体现了他生活的轨迹，构图奇妙，格调幽雅，用色简明。那诗一样的韵味，大多表现生活、感悟，大自然里花木带有温情的感觉。如他对白梅花寥寥数笔的清楚勾勒，对荷花荷叶独具匠心的信笔挥洒，都以恰到好处为目标，梅花、荷花的品格跃然纸上。看他的作品，有一种文人的纯真和感动，又充满着蓬勃的生机，清晰、自然、雅韵，画面上流露出的那一种诗意，情调含蓄、旋律稳健，内容丰富，我们能够真切地感受到涌动于他内心深处的倔强而旺盛的生命之气，以及他在绘画艺术上的自强不息和永不放弃。

正所谓一草一木总关情、一山一水见性灵。那些枯荷、翠竹、兰草、梅花，无不散发着强烈的生命气息，无不寄托着埋藏在他思想深处的生存信念，这些对大自然物质生命的欣赏和亲近，对现实生活的感念，在他的作品中显露无遗。

导视3——

独特的文学功底对他的绘画艺术有着怎样的影响？

在工作之余他是怎样坚持走他的绘画道路的？

请继续关注：《笔墨淋漓写真性——专访画家刘德扬》

【画面】刘德扬的绘画作品　《豇豆》(34×23cm)

【解说】原本就是个文人的刘德扬，渴爱文章，从艺数十年依然保持着文人的风骨，“饮酒美如花渐放，读书乐似客初归”，恰如真实写照。其作品也是画为诗生、诗缠画意。他对书画艺术，讲求文、人、画三位一体，画的技巧和文学功底，可心透彻创作者的人文修养，书画同源，把内心的感受置于画笔显露出来，才能予画作以生命力。这般文学功底对刘德扬的绘画艺术有着怎样的影响呢？

【同期】文学功底对中国画来说是至关重要的，因为中国绘画是一种哲学，是形而上的东西。如果艺术达到一定阶段以后，大家不是比技巧，而是比文化含量。文化含量越高的作品越能传世，越能被广大的人民所喜爱。我近几年的绘画为什么受很多人的关注，就是因为引起了大家广泛的思考。

2011年10月海瓷手绘牡丹瓶

【解说】刘德扬是个文人，亦是个画家；是艺术家，也曾是官场人士。虽经长期仕途变换，却仍保持着那份艺术的心境，对绘画的追求。在长期繁忙的工作中，他尚能笔耕于勤，纯真依旧，从骨子里浸泡着艺术的精神。工作之余，他经常到大自然观察、写生，他把自然界的千姿百态铭记在脑海之中，作画时，信笔挥洒，即情趣天成。如今，刘德扬有了更多的时间，闲暇之余便可专心绘画，对于他这辈子最大的乐趣他将一直坚守下去。

【同期】以前我负责行政工作，绘画的时间很少。现在做调研员以后，我就基本上全部身心都在绘画上面，业余时间搞一些杂志，除了这些我基本上都在绘画。现在只要我早上醒来就是在绘画，这一年半是我最愉快的日子，可以全部身心投入在我的绘画写作和社会活动上了。

【同期】朋友对刘德扬的评价

从刘德扬先生的文字来看，他很注重画画之外的涵养性情和品德的修养问题，实际上这恰好涉及中华文化的精髓。比如说没有正气你很难写出正气歌，也无法想象岳飞的《满江红》是怎么产生的，也无法想象像宋代的那些山水画应该说是非常有深度的。天行健君子以自强不息，地势坤君子以厚德载物。涵养气度，这是我们的文化精神和民族精神。

——夏硕奇（中国美术家协会编审、著名美术理论家）

德扬胸臆间常怀丘壑，诙谐中确有深沉的底蕴。宁静的画境中却充满丰沛的情感与生命力。画如其人，而其热情活泼、澎湃跃动，但却耐得住性子刻画工笔蜻蜓。想着他的画，想着他的人，脑中突然闪出他所说的话："我不急，一切都随缘吧"……

——毕庶强（台湾著名美术评论家、收藏家）

德哥原来一直是以书法著称于蜀中。这几年他执著追求在花鸟画的世界里。其花鸟画作品淋漓奔放，苍古朴拙，一枝一叶耐人寻味。大幅意境开阔，笔墨浑融，犹如欣赏交响乐一般；小品意韵简远，笔精墨妙，仿佛置身于小桥流水的茅草屋边欣赏古筝，清心、润肺。其作画时，胆大气沉，落笔重而收拾细，用心放而能敛，率真之处不失谨慎斟酌。相较于一些浅解写意画者，直泻性灵、笔笔如写，画法多从书法出。故其画中有气、有骨、有血、有肉，不落空泛平庸，在四川花鸟写意画坛上有独特的风格和独树一帜的面貌。

——杨晓亮（四川省民进画院院长）

相信但凡有一些自恃与精神自省的人，都会如我一般，在他的画中，读到自己曾经的坚守。看到自己曾经坚守的，原来就是这朵让人入定、入神的静静的荷。这朵"荷"独自惊艳，独自出尘，一任月光泻地。

——熊莺（成都晚报副刊部主任）

紫气珠光（102×23cm）

【画面】刘德扬的绘画作品 《紫气珠光》(102×23cm)

双清（55×100cm）

【解说】“没有张扬、没有狂怪，让人从一片平静安谧中悟到清，看到清，是我为人、为文、为艺所追求的一种境界。”一段无题的自白道出了刘德扬对人生、对绘画、对艺术的感念。对刘德扬来说，一生勤奋，几经彻悟，人生百味，日月是竞，艺术俨然成为了他真正的生命意义。他坚守在这人生最开心、最愉悦的艺术天堂，找到了一种说不出的轻松、自由和惬意的快乐。

刘德扬的画是简约的，简约而不简单的。在这独存孤迥的逸笔草草背后，是一个洗净尘滓的漫长过程，没有这些，笔是草不起来的，逸不起来的。这简约的笔姿墨韵涵盖了他几十年的人生经历，其中的甘苦真谛在他的绘画作品中涵盖淋漓。

他喜静、谦和，他以和为贵、远离是非，他的执著与坚持，他对艺术孜孜不倦、不息追求的奋斗精神和所取得的卓越不菲的成绩，让更多的人关注他，祝福他。相信画家刘德扬的艺术道路会越走越广阔，越走越精彩。

2010.夏

不要再追捧所谓『当代』

与《创意城市》记者肖凌的对话

“中国画与西画的哲学基础不一样，西方绘画的哲学基础是宗教神学，我们的哲学基础是老庄思想。”

肖：有种理论认为绘画艺术都是融会贯通的，目前在国外，不分画种都被称为“视觉艺术”。您好像不这样看？

刘：不，我同意“视觉艺术”这个说法。但是，画种特性和风格，特别是民族性是存在的。不能简单地用“视觉艺术”来模糊东西方的艺术差别以及民族性的鲜明特点。一味地强调不分画种都被称为“视觉艺术”，可能是别有用心。比如中国画与西画的哲学基础就不一样。西方绘画的哲学基础是宗教神学，我们的哲学基础则是老庄思想。我们的绘画是要追求事物似与不似之间那种状态，就是老子说的那个“惚兮恍兮，其中有象；恍兮惚兮，其中有物”，我认为这是中国绘画的精髓。在绘画之初，东西方都是用线条来描绘物象的，但在以后的发展中，西画和中国画在线条的观念和使用上，有了巨大的差别，西方绘画逐渐走上了科学写实的道路，而中国绘画则走上了写意的道路。线条在两个绘画体系内的地位和作用也有了显著的分野。西方画家对绘画中具象与抽象的认识理念来自于西

野（34×34cm）

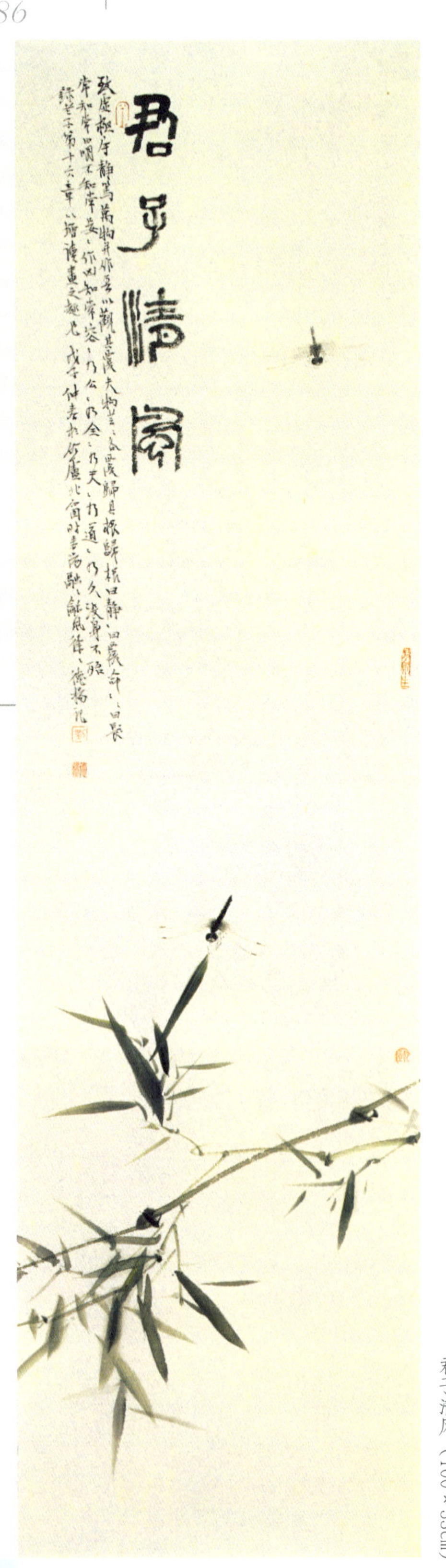

君子清风（100×33cm）

方的哲学方法论，西方哲学对“数”的绝对概念以及“实证”理论的具体性，拓展了西方画家对具象与抽象的认识理论，通过对“术”的实验进而上升到对“理”的认识，以实证科学对“术”的突破，解决“理”的建立。西方写实具象绘画的出现反映了西方哲学理论的进步，同时也促进了西方绘画艺术的发展。这个时期出现的写实“具象”绘画艺术及其表现方法，充分说明西方画家对自身方法论的深刻理解。西方绘画所强调的光、影、色，是在重视物象的基础上发展起来的。比如他们的基督是活生生的面目，甚至钉在十字架上血淋淋地展示给人们，而我们的神都是幻想的，任何人捕捉不住一个具体的模型。但是自从美术教育引入西洋的素描法后，我们的整个教学体系就变了，围绕西洋画法来，没有自己的民族特性。

肖：这会产生什么影响呢？

刘：最严重的后果是，因为西方强势文化的刻意冲击和我们有的政府官员、音像文字媒体以及若干“弱智群体”跟着瞎起哄所引起的国人文化意识普遍的自惭形秽，从而导致全民族文化的衰落。近百年来学院派教学抛弃了中国画的文化背景，主要以西方绘画为模范。傅抱石先生说：“中国画的基本精神，就是‘文’‘人’、‘画’。文是学养，人是修养，画是技巧，三者缺一不可。”中国的书画艺术如果离开了古典文学的滋润，离开我们中国人的思维方式，那么我们的画作跟西画就不过是材料的区分了，剩下的仅仅是一个图式而已。你看，在米罗的作品中，大量标明“中国水墨、日本纸”，可是随便咋看，它都是西方文化观念的作品。

第二就是强调素描鄙弃书法。人类的文字虽然开始都源于象形，但是能够始终保持表音、表意双重功能的只有我们的汉字，因为这个原因我们可以说“书画同源”。中国的书法和绘画有着紧密的联系。

“到那时，我们的文字就基本等同于表音符号了。”

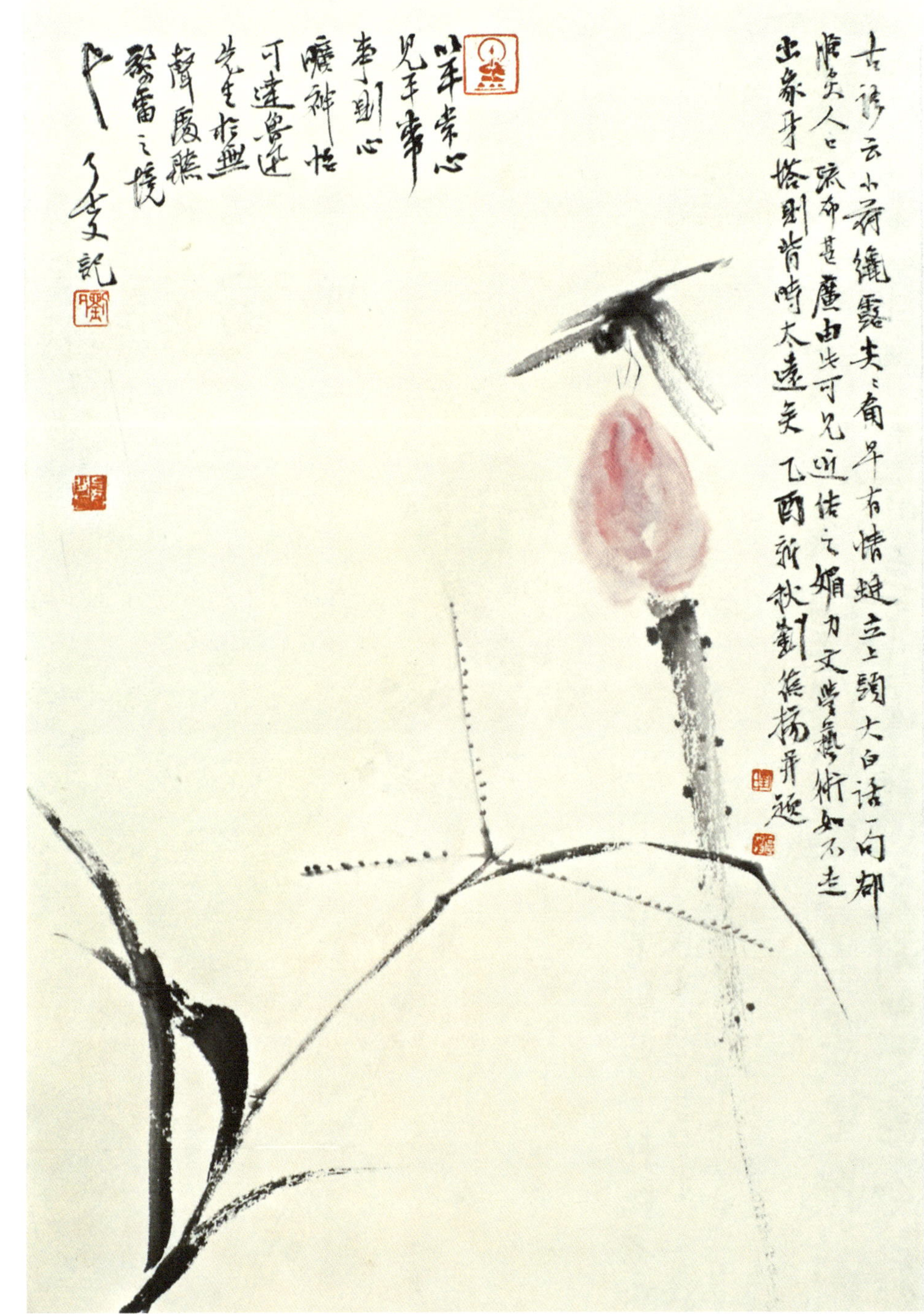

小荷才露（34 × 28cm）

肖：如您说所，书法正从国画中淡出，现在似乎画展也在淡出人们的视线，反而是私人画廊民间的艺术品投资比较火了。以前好像不是这样？

刘：是的。我还记得以前到人民南路省展览馆看画展的情形。这个展览馆曾经轰动一时地展出了程丛林的《1968某年某日雪》、何多苓的《春风已经苏醒》，也就是四川一批伤痕美术的代表作都在那儿展出，盛况空前。那个时候我已经喜欢书画了。我至今记得当时看展览，大家围着《1968某年某日雪》那幅油画，可以说水泄不通。

肖：这种情景我们这代人没有看见过了。

刘：现在基本不可能，社会对艺术的接受程度是要有基础的，它的基础是全民素质。

和风无语 至爱无言（34×34cm）

全民素质高，能接受的人就多。“文化大革命”以后，中国文学特别是古典文学的全民教育，远远不如过去。因为这个原因，现在的“百家讲坛”会受到欢迎，其实“百家讲坛”所讲的历史，在“文革”以前，是我们每一个人在中学时代就必须完成的学习任务，现在却要重新普及，在那里大讲特讲。这难道不是我们民族的悲哀么？因为素质低，所以大多数人喜欢看画得像照片一样的画。比如画熊猫、画老虎，大家一看就说“哇，画得好，毛都画得一根是一根的”。

还有，我在自己的书里提到的，如果再不引起高度重视，再过五六十年，我们要振兴的将不只是川剧，而是整个中国的文化。民族文化建立的基础是什么？首先是文字，语言是思想的表达方式，而文字是记录语言的符号，连这个都不能传承，我们还会是中国人么？说实话，我有一个可能偏执的看法，就是每当看到那些移民海外的人在那里咿咿哇哇地说“鸟语”，我就觉得相当滑稽可笑。一方水土一方人，形质不合是一件可笑而古怪的事情。现在国人一窝蜂地要求小孩子学外语，对于我们自己的文字，其本意内涵、外延引申意思，他们学了多少？不要说中国古代骈文、乐府诗歌他们没法读懂，就是作文章时所强调的琅琅上口都不知道。琅琅上口的核心是什么？是汉语的音韵、是汉语的平仄，是我们行文吟诗所要求的起、承、转、合。我们的音乐源于古人的吟唱，绘画则源于古人的图象记事。这些都是彼此相关的，是一种综合性的文化，缺一不可。我们要了解古人的思想需从文字入手，可是，现在新生代用的文字哪怕是偏旁部首你认识吗？

肖：不认识。

刘：我上网较久，对网络语言比较熟悉。但是对这些文字却是连猜带估，才勉强可以了解他们的意思。一串文字里加上像密码一样的符号，这就是八零后九零后这些小男生小女生的表达方式。这种状况如果继续泛滥下去，还会有中国文字吗？不，剩下的仅仅是符号了。

肖：这是传统文化的丢失。

刘：是的。由于历史原因，我们在整个世界民族的队列中落伍了，人家在前进，我们还在后退。这样产生的心态是：第一，月亮是人家的圆。第二，严重的民族自卑感。第三，因为落后，以一种慌不择路的方式拼命追赶。就像部队急行军时要扔下很多东西似的，为了狂追快赶，我们把自己很多优秀的东西抛掉了。比如国学，一旦失去，其结果会像多米诺骨牌般引起连锁的坍塌。

"面对你方唱罢我登台的热闹景观，哪怕你觉得它大多是'皇帝的新衣'，却不能说破。"

刘：经过"文革"每一个人自己动手在自己的"灵魂深处闹革命"后，几千年传承的精神信仰和道德规范坍塌了，传统文化的标准模糊了，社会道德的根基动摇了，认真治学的氛围几乎没有了。"才气"对于一个艺术家，已经退居次要地位。"操作"和"策划"上升到首要地位。现在，一个"艺术家"的成功与否，主要是看他的社交能力、操作能力以及自我推销能力。谁的宣传力度大，谁越能自吹自擂，谁就把握好了这个关系，以致一个水平很低的人却因为会操作而成为当代文化、文学、史学等的"代言人"。面对"你方唱罢我登台"的热闹景观，哪怕你觉得它大多是"皇帝的新衣"，却不能说破……

现在，画画得好不好已经不重要了，关键在于炒作，关键在于你的作品能否不管用啥手段迅速抓住观画者的眼睛。这才是现在大多数画家特别是油画家们所关注的一种现状。为了醒目，众所周知的最好最有效的形式是用色彩，比如红、绿、黄三原色，比如酞青蓝配桃红，等等等等。再就是出奇。比如呆滞的眼神、怪异的大嘴狂笑、变异扭曲的躯体，等等等等。还有一个是怪异的行为。总之一个目的，尽量用鲜艳夺目、对比强烈、思想出格、行为怪异的图象和方式去"扯眼球"，引起别人的注意、好奇，从而得到社会的关注。

是斋随意·陈明德篆刻

"竖起的不是嘴，是个女性生殖器。……这种人我们是坚决不会要的。"

肖：现在的画家都比较商业。

刘：现在是普遍浮躁，都想多卖钱。当然，包括我在内，谁不喜欢钱呢。但是"君子爱财，取之有道"，不能去做文化汉奸，哪怕有钱开宝马、林肯又怎么样，那也是我所鄙弃的。

这就要说到当代艺术，主体是油画、装置和行为艺术。有人总结它的特点有三方面：第一是反党反社会主义；第二是表现中国人丑陋愚昧无知；第三类就是与性有关。这个总结虽然有失偏颇，但是也说明了一种现状。

曾经有幅油画被老外收藏了，当时价格并不高，大概几十万，后来老外倾销回来，被我们自己人买了，两千多万，买主是江浙地区的一个企业老板。人家跟他说当代油画如何值钱，如何有思想性、前瞻性，如何如何，老板听进去了，觉得他是当代中国文化精英，敢买这种画。这幅画的画面上是一群目光呆滞的人，人后面是两只猪在交配。这相对于我们的民族性而言，可谓其心可诛。但是老外喜欢，可以卖美元，于是就有人去画。我认为，凡是存心用绘画表现中国人丑陋愚昧落后无知的人，就是文化汉奸。

我们画院今年年初招人，来了个油画家，交了四张大概一米见方的油画。就是一个女人脸，很不出奇，只有一点奇怪，鼻子眼睛都正常，但嘴是竖着的，竖起的不是嘴，是个女性生殖器。这种画说明什么？表达什么？完全是低级无聊、神经错乱、荒诞不经、莫名其妙。这种人我们画院是坚决不会要的。

肖：他这是张扬自己的与众不同。

刘：可能是吧，只要画出奇，至于画的内涵到底是啥就是次要的问题了。

肖：你是说他们不是追求的艺术，而是名利？

刘：是啊，是哗众取宠，有名才会有利嘛。这就是所谓当代艺术被热捧以后所造成的影响。大量的作品被高价追捧后，就造成当代的大学生、当代所谓的有学之士——通过学习获得一定知识的人，而不是饱学之士，他就认为这才是好东西，这才是艺术。

肖：对我们杂志有什么建议？

刘：不要再去片面地、毫无原则地追捧所谓“当代艺术”了。我的建议是，千万不要在当代艺术这一块单方面地去推波助澜，而是要全方位地竖起民族文化的旗帜，强调中国文化的精髓。号召广大画家不管用什么材料、不管用什么绘画语言、不管使用什么形式，都要突出我们中国文化元素，画出具有中国情节的艺术作品，而不是数典忘祖、邯郸学步。要让画画的、看画的、买画的都清醒地认识到，我们是中国人！在这方面，我们画院的油画家何多苓、周春芽、简崇明等人就是楷模，他们画的油画，就是我们中国人思维方式、哲学思辨的结晶。

原载《创意城市》2008年第二期

2010年9月再次删改

一朵让人心碎的荷

与《成都晚报》副刊部主任熊莺的对话

一、记者手记

第一次接触刘德扬先生的作品，是编辑带回一本画册放在我桌上。随手翻开，却让我怔怔地定神在了那里。封面大概就是那幅《绰约》吧，深潭一样的夜色里，深渊一样的泥沼里，织锦一样的缎蓝色，掩盖着那夜里所有的黑与浊。一朵初生婴儿般的洁白荷花，静静地怒放着。荷花并非初绽，因为，三两片花瓣，已纷纷飘落。但那些洁白的花瓣，哪怕已落地成“泥”，也仿佛自有一份矜持。

是彩墨，更似油画。

那时正是盛夏时节，正从一个单位换到另一个单位不久。很多的心事总是独自揣摩，清与浊，自清与自浊，是我此前思量最多的一个问题。

“这分明是在画我呀！”我跟编辑说。仿佛刻画一个人，即便是成长为中年、暮年，甚至于到老至死，那种冰肌玉骨，那种冰清玉洁，依然会从骨子里渗透出来，如影随形。

相信但凡有一些自恃与精神自省的人，都会如我一般，在他的画中，读到自己曾经的坚守。看到自己曾经坚守的，原来就是这朵让人入定、入神的静静的荷。这朵“荷”独自惊艳，独自出尘，一任月光泻地。

可以清心（68×34cm）

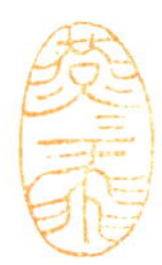

燕燕于飞 · 阿桂篆刻

这是刘德扬先生的造化。在他的画册中，差不多这一个系列的作品，都有这样的一种况味。后来，我致电著名画家、成都晚报“纸上画廊”专家顾问团专家邱笑秋先生，邱老说“他是刘师亮先贤的孙子”。

刘师亮是那个年代让许多官宦都不禁心生畏惧的大才子。这样的家世，出这样的人物，出这样的作品，一切释然。

接到写这篇文章的稿约，是在一个多月前的一个周末夜晚。几个人相约在浣花溪边的一家餐吧用餐。和着浅浅的音乐，回目窗外的绿荫静默地馥郁，刘德扬先生一坐定就说，“我猜你就喜欢这样的地方。小资情调”。

但自称能“猜”到我心思的刘德扬先生，在后来配合我完成这篇文章回答我的电邮采访时，却一点都不“善解人意”。关于创作，他只字不答具体作品创作的过筋过脉之处， 就连写生和体验生活之地，也都语焉不详，只是一些观念与意念而已。客观地说，作为记

一点意思（34×34cm）

者，我有一些失望。但后来悟到，这也许才是“刘师亮先贤的孙子”，也才是一种“荷”的境界——不枝不蔓，含蓄而芬芳。

整个对话中，最有价值的，是他对艺术家的分类：一是艺术家，眼中只有艺术，“酒好不怕巷子深”；二是艺术活动家，一只眼睛盯住艺术，一只眼睛盯住市场，艺术和市场互动，讲究“人不发言身不贵”；三是活动艺术家，这类人没有艺术可言，艺术仅仅是其活动“票子”、创造商机的手段，信奉“路是人走出来的”。

刘德扬先生，当之无愧属于第一类的艺术家。

在网上观“荷”，除了“五百年来第一人”的张大千等前辈们的不朽之作，当下画家的荷，东坡故里人周华君先生是一个，还有就是范曾的第一个博士生入门弟子崔自墨的“荷”，最触动人心。周华君先生的荷很有醉意，醉中自醒、醉中开悟；崔自墨的荷，开在意念中，或云端，或山涧，或魂魄里；而刘德扬先生的荷，开在佛门，开在禅境，开在人心最深最疼痛处，开在世外……他们的荷，都清醒得让人心碎。墨色之间，摄人心魄。

二、对话篇

关于创作

熊：您笔下的荷，要么有一种淡香携一缕风过了无痕的空灵与禅意（如《风致》），要么有一种让红尘中人乍然心动的震撼（如《绰约》）。其灵感从何而来？这样的意境您怎样把握？

刘：您举这两个例子，实际上一个是沉静，一个是热闹；一个是水墨为本，一个是五色炫目。灵感来源于生活，生活本身就是一种对立统一。其间虚和实，阴和阳，动和静，快乐和痛苦，淡定和热情交错闪回，构成生活的丰富多彩。所以，意境的把握，随意而已。比如画花，一般

真水无香　大富不俗（17×46cm）

和气满塘　雨意空濛 (173.5×90cm)

难得绰约二字。俗语说女人如花。不解女人风致，何以绰约？

熊：张大千有一句名言，“画荷，最易也最难。易者是容易入手，难者是难得神韵”。您认为画荷最难在何处？您在创作中怎样化解这一“难”？您怎样理解前辈所言的“难”？

刘：其实，不仅仅是画荷难，画什么都难，难在“神韵”。宋人林景熙形容荷花的诗句“无风清气自相吹”。你想想，没有风，却有阵阵清气在荷花、荷叶乃至整个荷塘里相吹相拂。这种恍兮惚兮、令人无限遐想的诗意境界容易想象，却难以在画面上予以体现。“出淤泥而不染，濯清涟而不妖，中通外直，不蔓不枝，香远益清”与其说是荷的物性物态，不如说是荷的气质气息，也就是林景熙说的“清气”。而没有张扬、没有狂怪，让人从一片平静安谧中悟到清，看到清，就是我为人、为文、为艺所追求的一种境界，也是我在画画时化解“难”的一种自觉。

熊：您的“荷”总是于污浊之中，有一种出尘世外的洗礼感觉，这跟您的家庭影响（爷爷）有关吗？

刘：嘿嘿，可能是吧。我出生于20世纪50年代中期，伴随着我幼稚童心的生长和成熟的二十多年间，是那些不断“触及灵魂”的政治洗礼，以至于我有脱胎换骨的切身感受……

熊：当代著名画家叶瑞琨评价您的画“简约而不简单”，创作中您如何把握“简约”与“简单”？

刘：就艺术创作而言的“简约”，以易理观点，是从所画对象的不易、变易到简易的理性处理结果，用郑板桥的话来说则是“删繁就简三秋树”。“简单”之于艺术，却是苍白、幼稚、单调的同义词。没有“删繁就简”，绝不可能领异标新。

熊：您最满意的“荷”是哪一幅？最遗憾的“荷”又是哪一幅？为何？

刘：严格地讲说不上满意和遗憾。情绪和灵感很重要，心手相应时就满意，眼高手低就只有遗憾甚至痛苦了。前贤云，有道无技，技尚可求；有技无道，则止于技。满意和遗憾，始终存在于问道求技的过程中。

熊：自古以来画荷的大家很多，其荷大致分“工笔荷”、“写意荷”、工笔与写意相结合的“勾花点叶荷”等等。请问您的荷以哪一种形式见长？其特点如何？

刘：这些分类，如我前面所说，属于“技”的范畴。画画在于“道法自然”。内容决定形式。在“道”的前提下，各种“技”的手段和层面都可以借用。中国画的核心问题是“神、韵、意”，这就是“道”，也是中国画的文化属性。如果实在要回答我的画的特点，应该是以“道”亦即文化内涵见长。

熊：或荷塘写生以荷为邻，或临摹佛教壁画成为许多画荷大家积累素材与寻找灵感的途径，您通常会选择哪一种方式？

刘：我一般选择观赏、感悟、心领意会、心追手摹。在学习前贤的基础上，积累素材与寻找灵感的途径通常是摄影。通过摄影，了解物象、物态甚至物情，然后把我对物象的审美情结诉之于笔墨，形之于画面。

熊：您下一步的创作计划是什么？

刘：没有计划。“心似白云常自在，意如流水任东西。”读书、咀嚼，然后是实践，争取在实践中多出一些好作品。让自己的感悟和心得能更加自由地在宣纸上任笔为体、依类赋形。

关于艺术

熊：有数据显示，从2004年1月到2009年1月的5年间，中国当代艺术价格指数飙升了583%，而今年上半年与去年同期相比,却下降了47%，中国的艺术市场陷入低迷。您怎样看成都的艺术市场？

刘：这个问题很大，特别是所谓当代艺术，牵涉国家的政治、经济、文化，背景很复杂，三言两语说不清楚。中国画这一块，虽然受经济危机的影响价格有所回落，但是由于成都特殊的历史积淀和文化情愫，养成了成都文化的“休闲性”。“休闲性”用成都话来说就是“耍”，就是“玩”。既然是玩耍，高档可以，低档也可以，空间很大，层面很丰

和谐万年（34×136cm）

富，受外界影响不大。所以，我看成都的艺术市场，一句话，各得其所。

熊：作品拍卖成交额排名世界前100位的当代艺术家中，有三分之一来自中国，而在中国，其半壁江山又被成都画家占据。作为《成都画苑》杂志的主编，您怎样看待这一“成都现象”？

刘：这和我前面说的相关。由于成都文化的休闲性和丰富广大的“玩耍”空间，很适合艺术家的生活、交流和创作。随着时间的推移，相信会有更多优秀的艺术家出自成都。

熊：目前成都艺术家作品进入市场的主要途径是什么？职业经纪人模式？委托画廊？还是朋友圈子介绍买家？其价格能基本体现画家的艺术实力吗？

刘：主要是朋友圈子介绍买家。这和我前面说的“玩耍”二字密切相关。价格问题比较复杂——原因是社会的复杂。我把艺术家分为三类：一是艺术家，眼中只有艺术，“酒好不怕巷子深”；二是艺术活动家，一只眼睛盯住艺术，一只眼睛盯住市场，艺术和市场互动，讲究“人不发言身不贵”；三是活动艺术家，这类人没有艺术可言，艺术仅仅是其活动“票子”、创造商机的手段，信奉“路是人走出来的”。乱纷纷你方唱罢我登台，价格问题也就“难眩以伪”、可想而知了。

熊：成都艺术有待更加繁荣，您认为要实现这一目标，本土的画家与市场都需要做哪些调整与转型？

多福（34×136cm）

刘：这又是大问题。艺术的土壤是文化，文化的土壤呢？是繁荣昌盛的综合国力，是继往开来的历史传承，没有这些，一切都无从谈起。艺术的繁荣，与文化属性、文化特色、文化修养紧密相关。所以，调整与转型的问题，只能待时而动，相机而行。

关于生活

熊：画家的生活总是被蒙上浪漫主义色彩，飘忽、散淡、自由不羁，让普通人好奇，其生活习惯也同时成为同行间彼此关注的一个话题。您的生活习惯如何？如几点起？几时睡？每天画几小时？每天锻炼吗？以哪种形式锻炼？饮酒吗？狂饮还是小酌？这与创作灵感有关吗？

刘：哈哈，我呀，现在虽然已是画家的思维方式，但仍然还是公务员的工作、生活习惯。坚持每天读书写字，却没有坚持每天画画。也不锻炼，但是喜欢理疗和蒸脚。饮酒只是朋友相聚时随意为之，小酌而已。不过，喝一点酒，的确感到不管是书法还是画画，都要好些。苏涣的诗句“兴来走笔如旋风，醉后耳热心更凶”似乎就是明证。

熊：曾经在一个宗教仪式上看到您给一本禅学书籍作序，请问，您平时喜欢读些什么书？眼下正读什么书？每天习惯读书多长时间？

刘：我不信佛，进寺庙也不烧香，但是特喜欢禅学。平时爱读政治、历史、文学、艺术方面的东西，以杂为主，以专为辅。眼下正在看《大秦帝国》，这套书可以说是一部春秋战国史，11卷一大摞，现在看到第6卷下《金戈铁马》。

熊：您是画家、美术评论家，同时还是画院美术杂志的主编，哪一种身份您更喜欢？

灵台空明·陈明德篆刻

作品局部

三种身份如何安排时间？

刘：美术评论家说不上，美术杂志的主编也是临时凑数的。当好画家才是我的本职，心里也最喜欢。

熊：许多传统画家拒绝电脑，不愿被“打扰气场”，您呢？上网吗？网上工具您最热衷于哪些？

刘：这一点我很“当下”——呵呵，时髦语言！

电脑现在已经是我不可或缺的工具。网上查资料、翻字典、看美女、下载软件、截取图片、图像裁剪、拼接粘贴以及白平衡处理等等，我差不多要喊“电脑万岁”咯。比如前面说的积累素材，如果没有电脑，就不可能利用摄影达到我对物象的审美取舍和角度转换。同时，平时喜欢写些随笔、艺术评论之类的东西，比起原来用稿纸钢笔，我觉得电脑实在太好，它可以更好更快地帮助我清理思绪，从容地玩味文字、放飞心情。网上工具我很喜欢Photoshop和光影魔术手，这两样东西为我提供了更为广泛和直接的色彩关系、光影关系以及平面构成的思考空间。所以，电脑加摄影，是我书画创作上极为有用的工作平台。

荷花夜开风露香（17×46cm）

2010年11月

艺术作品的灵魂是思想深度

与艺术影像网特约记者赵子勤的对话

赵：今天来采访你，不单纯是为了谈艺术，而是想请你谈谈对构成我们民族性格特征和四川地域精神的重要组成部分——文化的看法，谈谈我们所处的这样一个价值多元时代，每一个艺术家都必须以自己的行动来回答的课题——文化上传承与创新的关系。

刘：这个问题很大，一两句话说不好。

随着改革开放的深入和信息渠道、媒介平台的多元化，相对于过去，四川的绘画艺术受到了更为广泛的关注，这是好事。因为四川画家的整体水平本来就是很好的。四川是一个移民地区，所以它的文化由于历史的原因，几乎包含了全国各省市、各民族的优秀文化，能够聚力成强。比如川菜，为啥当之无愧于全国六大菜系之首？其缘故就是因为移民的迁徙带来了全国各地菜肴的精华，并在四川各地交融、传承和创新。所以，全国范围只有川菜有“百菜百味”之说。另一方面，由于是不同时期、不同地区甚至是不同民族的移民凑在一块儿，要打开新天地，决定了其特点首先是坚韧的进取开拓精神和竞争意识；其次，因为是移民，彼此没有乡情、宗族等血缘和友谊的积累，决定了其开拓竞争的隐秘和自我保护；第三，

水月精魂（68×34cm）

佳和如意（55×136cm）

因为是移民，其文化的发展注定了它的包容性、多元性和综合归纳性。第二点最有意思。现在有个说法，说四川人特别是成都人好比水上的鸭子，表面上看悠哉游哉，休闲之极。实际上每只鸭水下面的那两只脚，却是动个不停。从这三方面特点看，四川画家就很有意思。首先是画家们普遍具有坚韧的进取开拓精神和竞争意识，因而其作品不仅功力深厚、内涵丰富，而且值得玩味的东西很多。其次就是彼此对于艺术创作手段以及创作理念的保留和隐密，聚会交流时一般都是"顾左右而言他"，对画作不轻言得失。第三就是由于四川文化的包容性、多元性和综合归纳性，决定了画家们不仅作品风格多样，涉及艺术各门各派，而且兼容的内涵很丰富。这在一定意义上可以说是一种传承与创新。

至于文化的传承，经济和文化本来应该是互相作用的。可是，由于历史原因，我们的政治、经济、文化在人类正常发展的历史过程中，嵌入了非正常的停滞甚至倒退。物质需求和精神需求的严重错位和失衡，导致发达国家甚至发达地区凭借其先进的物质文明，对我们形成严重冲击。而我们自己，在精神上也大多因此而惶惑迷茫。回到正常轨道后，面对忽然发现的外面五光十色的现代物质文明，不由自主地害了"红眼病"，自卑局促，瞧不起自己，瞧不起我们民族优秀的传统文化。于是，有着几千年文明史的我们，严重地、不由自主地甚而自暴自弃地陷入了被动。那种厚重的、博大精深的文化积淀和精神财富，相对于西方国家现代物质文明的强势冲击和刻意搅扰，显得无比苍白和乏力。“月亮是外国的圆”成为一种普遍的心理暗示。对传统文化“矫枉过正”的种种行为和措施，又导致了主流意识出现以西学代替国学、抛弃传统文化的趋势。从上个世纪初开始对中国传统文化的种种捣腾，特别是经过大“革”文化命，蛊惑每一个中国人自己动手，在“灵魂深处闹革命”后，几千年传承的精神信仰和道德规范坍塌了，传统文化的标准模糊了，社会道德的根基动摇了，认真治学的氛围和自立自强的精神也几乎没有了，以致在“无法无天”的状态下，浮躁、功利、炒作、造势等等一切追名逐利之举，在物欲横流的现状下，成为一种普遍的、被公认为行之有效的行为模式。“才气”对于一个艺术家，面对社会普遍性的浅层次的感官需求，似乎已经退居次要地位，“操作”和“策划”上升到首要地位。现在，一个“艺术家”成功与否，几乎主要是看他的社交能力、操作能力以及自我推销能力。“文化上传承与创新的关系”已经不是一种学问，而是一种策划、一种推介、一种造势。谁的宣传力度大，谁就把握好了这个关系，以致一些修养极差、水平很低的人，却因为会操作而成为当代文化、文学、史学等等的“代言人”。甚至，面对“你方唱罢我登台”的热闹景观，哪怕你觉得它大多是“皇帝的新衣”，却不能说破。这就是光怪陆离的现代……

夏雨初晴（38 × 35cm）

赵：现在有些人认为，传统文化中正在消失的部分只是其中的“术”，而“道”则会自然而然地保留在人们的头脑中。但是我认为事物的发展过程，都是螺旋式和波浪式地向前的，往往是一个倾向掩

和敬大美（180×97.5cm）

盖另一个倾向。今天如果我们忽略了对传统的继承，等到有一天，当我们意识到传统的重要性时，可能传统文化已经不复存在了。

刘：术是手段，道是灵魂。这两方面都有与时俱进的问题。严格地说，东西方文化的差异在于民族特色，在于“一方水土一方人”所养成的文化理念和生活方式，并没有高下之分。作为政府行为，对这两种文化都应当予以关注，尤其是在我们的传统文化受到西方文化有意和无意的强势冲击时，更不能一味地鼓吹、宣扬和支持西方文化，厚彼薄此。所谓“上有所好，下必效焉”，政府的关注、媒体的支持如果继续造成一风吹的西方绘画的强势影响，那么，到我们的子孙一代，在文化领域里要振兴的就将不只是川剧，而是整个传统文化的种种方面了。比如文字，世界上不管哪个国家、哪个民族，其文字的起源都是基于象形以及后来表音、表意的双向衍化。可事到如今，许多国家和地区的语言及文字都是顺着表音方面发展，文字成为仅仅是记录其语言的一种符号。我们的文字呢，却能够始终保持表音、表意的双向发展。很多字，哪怕不认识，也可以猜到它的大概意思以及语言指向。有草头的字，一定和植物有关系；偏旁带提手的字，其意思就一定和我们手的动作相关。再比如啊哈、哈哈、呵呵、嘻嘻、嘿嘿、啧啧，乃至哇塞等，其中感情色彩的微妙差异，拼音文字能表现么？老外之所以动作语言多，表情夸张，我认为根本原因就是他们文字语言的贫乏，只能代之以身体动作和夸张的表情。我们中国人的幽默，多半是冷幽默，你要回味才觉得妙不可言。

人类的文字虽然开始都是源于象形，有形声、会意、指事之分，是天人合一的最佳载体。但是，能够始终保持表音、表意双重功能，并且包含几何因素在内的文字，却只有我们的汉字！正因为这个原因，我们可以说“书画同源”。因为这个原因，我们的诗词一旦翻译成拼音文字就惨不忍“读”。 因为这个原因，可以说中国画的精髓是“形、神、韵、意”，能够画中有诗，诗中有画。老子说，“恍兮惚兮，其中有物；惚兮恍兮，其中有象”，这才是抽象艺术的根本！现在的当代艺术，我一直很关注。比如“东方视觉网”，我就很喜欢看。里面的作品，许多思维很独特。可是，也有许多是对西方文化的拙劣模仿，邯郸学步，甚至是“皇帝的新衣”。现在，文化的冲击已经可以从目前90后青年用的网络文字、QQ语言和喜欢的歌词中看出其严重性。这种状况如果继续泛滥，还会有中国文字吗？不！剩下的仅仅是符号。所以，我同意你这个说法——“今天如果我们忽略了对传统的继承，等到有一天，当我们意识到传统的重要性时，可能传统文化已经不复存在了”。

赵：就书画艺术而言，中国的文字本身就具有艺术观赏价值，所谓“书画同源”的说法只有中国才担当得起。中国的绘画艺术是从书法中来的，这是中国绘画的特点，跟中国文字的发展演变有密切的联系，也跟中国的道家文化有关系。

刘：前面我已经说了，中国文字具有形声和会意的双重功能。比如汉字的“家”，我同意流沙河先生的说法，它反映了远古时代母系社会的观念。那时是招郎上门，古书上说某个男性“家”到某处去，这个“家”就是动词，是男方到女方那里去结婚的意思。传说尧舜时代的舜，就是“家于虞”，他就是“招郎上门”，到了“虞”那个地方去，所以叫“虞舜”。可是，西方的拼音文字 Family 跟“家”的本意有什么关系？不过是一些符号堆积而已。至于中国的绘画艺术和道家的关系，严格讲是和《老子》、《易经》的紧密关系。《易经》这部著作无所不包，可以说政治、经济、军事、文学、哲学、艺术等等方面都可以从中找到理论根据。也许是这个原因，现在西方一些有识之士，都很注意阅读和研究《老子》和《易经》。可是，我们的许多绘画特别是所谓的抽象绘画，却大多抛弃了几千年的文化传承，抛弃了在西方如毕加索、米罗等大师级画家都很重视的我们宝贵的文化遗产老庄思想，莫名其妙地去学习西方观念，狂涂乱抹，其结果往往是连创作者自己都不知所云。那种把人画成两眼呆滞、神色惨然、浑身上下透着愚昧无知的所谓“老照片”似的作品，除了在说国人低级无聊、头脑简单外，你愿意把它作为不得了的艺术品挂在家里欣赏吗？

赵：有人认为绘画艺术都是融会贯通的，所以不必分类太明确，把书法和绘画，以及中国画中的工笔、写意和花鸟、山水等分得那么清楚。西方文化是以科学为基础的。但是目前在国外，不分画种都被称为“视觉艺术”。

刘：我同意“绘画艺术都是融会贯通的，所以不必分类太明确”。“视觉艺术”的说法很准确。但是，在“视觉艺术”基础上分画种也有好处，既有利于观赏者的定位，也有利于专家的归类和研究。严格讲，这些并不是主要问题。主要问题是必须清楚西画和国画虽然都是“视觉艺术”，但却是属于两种不同的体系，彼此的“术”可以相互借鉴，各自的“道”——哲学基础却不一样。关注中国文化不仅仅是中国的绘画，而应当是全方位的。我经常对我的学生说，学习东西方绘画要先了解东西方的哲学。中国画的哲学基础是老庄思想，是“惚兮恍兮，其中有象”，是“恍兮惚兮，其中有物”，相对来说则比较抽象。东西方的绘画都以型为本，其他差异分别可以用三个字来概括，西方绘画讲究光、影、色，注重的是外在的形象；而中国画则是讲究神、韵、意，注重的是内在的精神。这就是哲学上两条截然不同的道路，一个是存在，一个是意识。根据佛教的色空关系，西方追求的是“色”，东方追求的是“空”。中国传统绘画讲究境界，中国绘画的基础在于书法，这些都是因为中国绘画书画同源，因为我们的文字始终保留了表音、表意双重功能。

赵：我们现在处在市场经济的大环境中，艺术家也是凡人，也很难免俗。而媚俗常常能够立竿见影，取得很好的市场效应。老一辈的艺术家则不是这样，那时国家出钱把艺术摆在很高的位置上，他们可以潜心经营，没有干扰和诱惑。现在由市场决定艺术品的价值，怎样才能保证艺术真正上档次呢？

刘：国家出钱把艺术摆在很高的位置上，在我国那是新中国成立以后的事情了。艺术是否真正上档次，关键在于一个画家自身的学养，在于他对中国文化全方面的涵养，更在于他自己的内省。这与国家出不出钱几乎没有多大关系。当然，有政府的支持，效率会更高些。就艺术而言，有一个阳春白雪和下里巴人的问题。比如唱歌，每当那些唱美声的演员上台表演，我都为他们感到悲哀。能记住他们名字的有几个？在他们身边，有多少“发烧友”和“追星族”？当然，这里既有外来文化的吸收和普及问题，也有“曲高和寡”的问题，更有美声多半是唱老外歌曲的问题。这就是没有把美声唱法的“术”与我们中国文化的“道”相结合，你哼哼哈哈扯起喉咙高唱《我的太阳》， 国人还是听不懂那些“鸟语”。所以,不能简单地脱离社会现实来看这个问题。艺术的最高境界是有基础的，它的基础就是民族文化，是全民文化素质。素质高，艺术的境界就高。“文化大革命”以后，中国文学特别是古典文学的全民教育，远远不如过去。所以有人说，现在是“读图时代”。因为这个原因，现在的“百家讲坛”会受到欢迎，这是相当悲哀和可笑的事情。“百家讲坛”所讲的历史史实，在“文革”以前，是我们每一个人在中学时代就必须完成的学习任务，现在却作为全民普及教育，在那里大讲特讲。这难道不是我们民族的悲哀么？再比如现在的国画创作，很多人都在画素描关系，可是却被大多数受众所理解和接受。其深层原因就是我们全民素质和文化修养降低了。因为素质低，所以大多数人喜欢看画得像照片一样的画。比如画熊猫、画老虎，大家一看就说，“哇，画得好！毛都画得是一根一根的”。这好比过去街头艺人画炭精人像，既像照片，却又是画，老百姓喜欢。素描关系，是在大学一、二年级就必须解决了的“术”。西方社会的艺术家解决好素描关系的人太多了，可是，能够成为达芬奇和毕加索的有几个？严格地说，艺术是一种个人行为。其作品是否优秀，思想性和“道”才是关键。

赵：你出生于一个书香门第家庭，长期接受国学和书画艺术的浸润，有较好的传统文化修养和较深的书法艺术功底，对于艺术一定有丰富的感悟，请谈谈你的从艺经历好吗？

刘：这是一种误会，完全说不上“对于艺术一定有丰富的感悟”。我是学经济的，可是从小喜欢画画。我认为，一个人对艺术的感觉，是娘肚子里带来的，是一种天生爱好。比如我家六兄妹，除了我之外没有一个是搞艺术的。我哥对艺术更是完全没感觉，对书画没有一点兴趣，他家的墙面上从来就不挂任何书画作品。我11岁跟着老师学书法。之前自己写隶书，后来就跟着老师开始学颜体，以后转写其他楷书，然后再临米芾、王铎等行书。“文革”期间无书可读，就和几个朋友躲在一个阁楼上画素描。画到石膏像阶段时，我的兴趣又转到了哲学和音乐上面。直到三十多岁才又开始画画，画中国写意花鸟画。

赵：我觉得你的艺术家气质很重，正如你的朋友、成都画院副院长叶瑞琨评价的那样，刘德扬“身上流淌着文人的血”，所以你看起来还是更适合“君子独善其身”。那么你大学毕业走上从政道路以后又怎样了呢？

刘：我26岁大学毕业，27岁以教师身份兼邛崃县委、政府的经济顾问，28岁到省委，29岁当副处长，33岁到县上任职锻炼。走了全国许多省市，走遍了川内各地市州、大部分区县和很多大中型企业。1987年就提出了解决“三

荷露滴轻响（34×34cm）

苦而不涩（34×34cm）

农”问题。下派到基层锻炼后，对农村、对农业，特别是对农民，有了真实的了解和切身的感受。这段从政的经历，对我后来人生观的影响很大。由于对中国的国情有深刻的了解和体悟，也就形成了正确的思维习惯。我常教育女儿说：在我们现在的教育体制下，你的学习成绩好与不好我不在乎，我在乎的是你有没有正确的思维方式。有了正确的思维方式才会形成正确的认识，有了正确的认识才能够比较准确地发现问题和正确地解决问题。解决问题，那是“术”，很简单，总会有办法。能否发现问题，才是关键的“道”。思维角度错了，努力的方向就错了。就像钻孔一样，失之毫厘，差之千里。应该说，这些体会对我后来的书画创作是有很大帮助的。

赵：我看你最近的作品均以荷花为主。你在自己画册的扉页中写道：“荷，与和、合谐音。……华夏文明以和谐为本，‘和为贵’、‘和气致祥’、‘和气生财’。民俗文化中有‘和合二仙’的美好想象，有‘家和万事兴’的处世之道。这些，都是强调相安，希望协调，追求平静温和、惠风和畅，合则成体，聚则为气。”你是什么时候开始画荷花的？

梅花香自苦寒来（68×68cm）

刘：由于我对文学的喜爱以及对书法的修养，我画画主要是画写意花鸟。后来，在写意花鸟画中，我发现荷花特别对我的胃口。从构成上来说，荷花具有典型的点、线、面三要素。荷叶是面，荷梗是线，花头、莲蓬是点。这种点、线、面的穿插、聚合、分割，特别是红、黄、蓝原色、复色的渐变和渗透，交相辉映，变化无穷。作为我解决写意花鸟画中许多问题的突破口，很有帮助。的确，我喜欢荷花，还有更深层的文化原因就是因为荷与和、合谐音。儒家讲究“太和”，佛家注意“和敬”，道家强调“冲和”，华夏文化以和谐为本，“和为贵”、“和气致祥”、“和气生财”。民俗文化中有“和合二仙”的美好想象，有“家和万事兴”的处世之道。这些，都是强调相安，希望协调，追求平静温和、惠风和畅，合则成体，聚则为气。同时，荷为佛花。相传释迦牟尼出生时即可下地行走，一路走来，脚下涌出七朵莲花。我们现在所看到的佛座都是莲花座，就源于此，也取“莲花朵朵托观音”之意。民俗文化则把阴历六月二十四日视为荷花生日，并定为观莲节。因此，画荷之于我，除了鄙弃“小人”，希冀和谐、养气不动外，还相当于持颂念经，实属功德无量之举。这都是我喜欢荷花的原因。

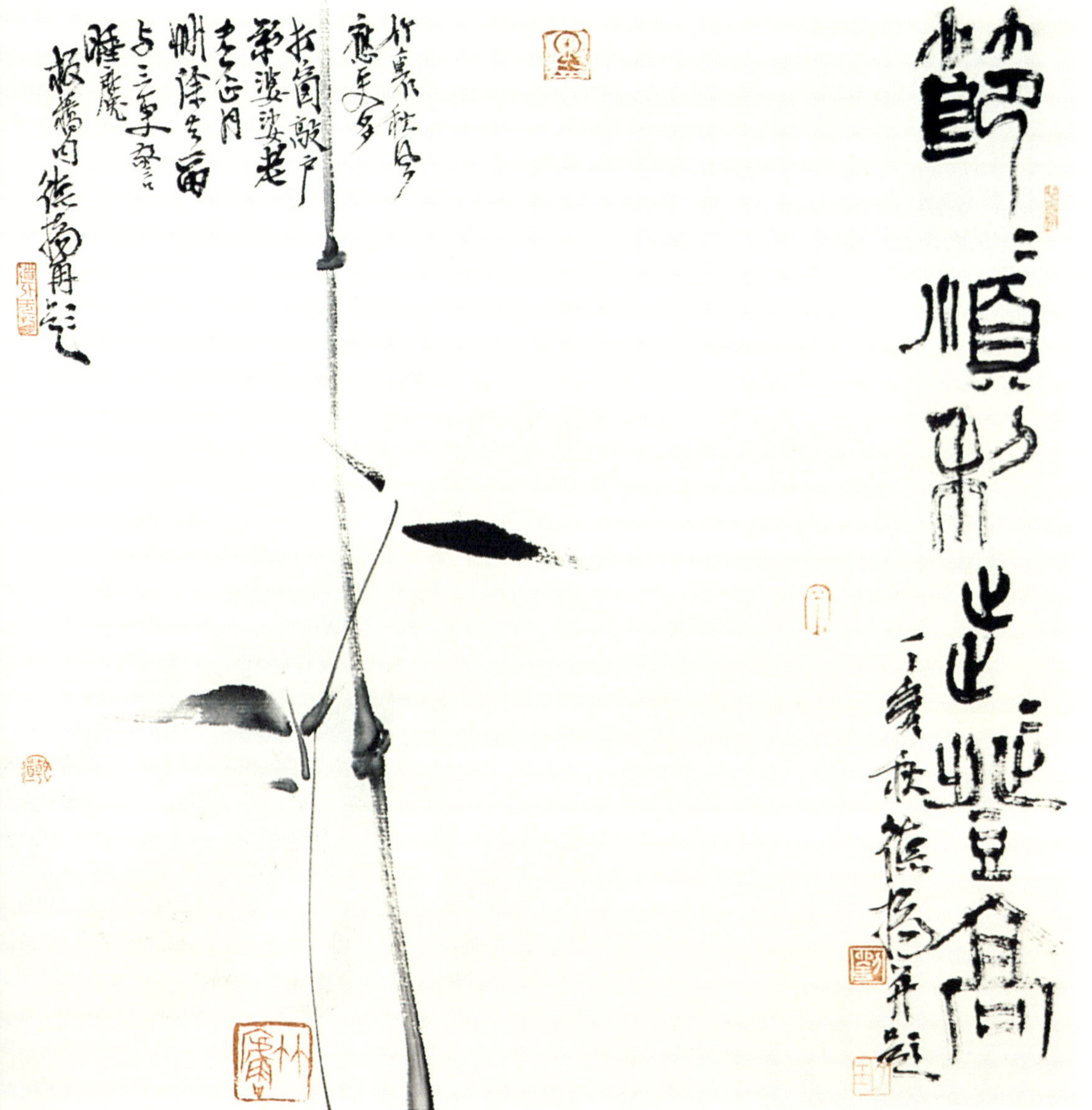

节节顺利 步步登高（34×34cm）

赵：我从你身上看到了一种非常纯正的文人气质，也在你这里看到了接近真正意义上的“文人画”。中国绘画在历史上引入书法是在宋代以后，并且最终形成了具有独特意义的“文人画”。但是到了近代，“文人画”已经逐渐失去了存在的社会基础，并且几乎消失了。这是什么原因呢？

刘：原因还是缺少文化。“文人画”这个说法既使许多人走入误区，也是许多所谓画家画不好画的“挡箭牌”。实际上，傅抱石先生说得很准确，中国画的基本精神，就是“文”、“人”、“画”。文是学养，人是修养，画是技巧，三者缺一不可。所以说，中国的书画艺术如果离开了古典文学的滋润，跟西画就不过是材料的区分了，剩下的仅仅是一个图式而已。这就好比一个厨师，都用同样的厨具、同样的菜品、同样的佐料，但是每个人做出菜肴的味道就是不同；同样的颜料、同样的纸张、同样的工具，能够画出不同品位的作品，这就是修炼。在米罗的作品中，大量标明“中国水墨、日本纸”，可是，随便你咋看，它都是“米罗”，都是西方文化观念的作品。毕加索晚年借鉴了许多东方特别是中国艺术观念，但他的作品还是“毕加索”。现在全国范围的书画大展，以及一般画家大多追求作品的大、繁、细。可是，这些画大多数看了就过了，仅仅是像照片的画而已，毫无思想性可言。这就是缺乏文化的表现。真正有文化含量、有思想性的作品，是不论大和小，繁和简，具象和抽象，都能给你无限想象、无比震撼的。比如李伯安的《走出巴颜喀拉》，这是一件巨幅长卷，高2米，长121.5米。这幅画展示给读者的远远不只是技巧，而是一种理想和精神，一种震撼人心灵的美好品质。齐白石的小品《他日相呼》，画面只有两只小鸡争抢蚯蚓，看似简单，其画款题识却让人在欣赏画面笔墨线质之余，还想象莫名、回味颇深。我以为，这才是真正意义上的文人画！我赞赏这个说法，“人格精神是中国画家终身的课题。中国画是精神化的艺术，中国书画家的人格修养和人文修养不仅决定着中国画的发展，也决定着中国文化精神的延续”。

可是，如你所说，“到了近代，‘文人画’已经逐渐失去了存在的社会基础，并且几乎消失了”，其深层原因就是我们自己对民族传统文化的摧残、破坏甚至丢弃，以至于“黄钟毁弃，瓦釜雷鸣”。许多宝贵的东西不仅得不到保护和传承，而且被肢解、被扭曲。比如我们的川剧，是何等好的一个剧种噢，现在却被人肢解，将其中为了表现剧情、人物情绪变化的“吐火”、“变脸”等很小的“术”拔高为“道”，在茶楼酒肆惑于国人，在礼宾接待中媚于洋人。内涵极为丰富的“川剧”只能为之“变脸”并不由自主地“吐火”了……

川剧如此，中国画等等等等，也就可想而知了。

2010.9

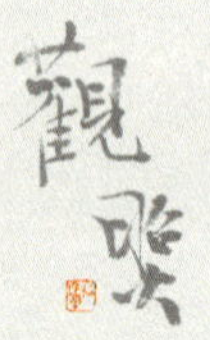

中国书画高蹈精神

嘤鸣篇

高山仰止

缅怀刘既明先生

认识刘老既明先生，是在1974年的初春。那年我的伯父从西昌回到成都，见我在家写字画画，于是带我去看他的老师，说是一位很好的大画家。

在宁夏街西城角的一条偏辟小巷尽头，一个宁静清洁、栽满各种花卉和幽篁的小院里，我见到了后来对我画画有着很大影响的刘老既明先生。屋里有好几个人在看他画画。先生既矮且胖，头特大，大到与身体不成比例，脸上也是一个大字，大眼大鼻大耳，再加上那又大又厚的嘴唇，我感到怪怪的。心想，这就是大画家？

先生听到我伯父的声音，抬头看了看，继续画他的画。画桌上一张四尺整纸上，一幅紫藤八哥已经快画好了。先生运笔很快，他一边和我们说话，一边画他的画，那一管毛笔在他肥厚的手里，上下翻飞，时而涩进，时而轻灵，看得我眼花缭乱。真是妙笔生花，挥洒自如啊！他见我看得有趣，又取过一张八开小纸说，“德扬，你看我画的是啥子哈？”随着他的话语，先生已经用笔蘸了些水墨，在纸上连续点了五六笔，他问我，“你看是啥”，我摇摇头说，“不晓得”。接着，先生在那几笔墨团的旁边又连续点了五六笔，我还是看不出来。此时，先生换了一支较小的笔，用很快的动作一折一勾，啊，两只小鸡！紧

刘既明作品 潇湘息影（68 × 34cm）

刘既明作品（34×34cm）

款识：与德扬孙儿第一见面的礼物。你爱画，可好好藏之，以作学习之资。既翁时年七十又四

接着，他蘸了些赭石和胭脂，一挥之间，一条蚯蚓出现在那两只小鸡的喙间。再一细看更是绝妙，一只小鸡重心很稳，喙上啄着大段蚯蚓。另一只小鸡身体前倾，喙上只有很短一节蚯蚓，真是简单几笔，胜负立见，一幅鲜活的《小鸡抢食图》呈现在大家面前！在一片轰然叫好声中，先生援笔而书，“与德扬孙儿第一见面的礼物，你爱画，可好好藏之，以作学习之资”。事过三十年，斯景斯情，仿佛就在眼前……

说实话，近现代以来，画水墨小鸡的可谓多矣。可是，没有几个画家能如此潇洒而准确地几笔画出那么鲜活的小鸡！寥寥数笔，水墨渗化出小鸡的毛茸质感和体感，几笔墨团的有机组合高度抽象和概括了小鸡的形态，浓淡枯湿的微妙变化更反映出物象的空间感以及光感。当时我不懂，现在知道，这是功夫，这是修养，这才是具有抽象本质的中国书画艺术！也因为此，对石涛、对八大、对白石、对黄宾虹、对张大千，对那些真正的大师们，我们高山仰止！对中国书画的传统精髓，对博大精深的中国书画艺术，学尤恐不及。然而，遗憾的是，由于“十年动乱”对中国文化的摧残，以致黄钟毁弃，瓦釜雷鸣，沉渣泛起。在中国书画话语权的衰落中，在功利名望的驱使下，中国书画渐渐沦入邯郸学步、数典忘祖以及炒作、策划之中……

现在，刘老既明先生的画集即将面世，我谨以此点滴回忆，缅怀先生的艺术，愿先生的艺术常青，愿中国书画的大道长存，愿一切清醒的人保持冷静，坚持和发展独立于世界艺术之林的华夏文化！

2004年中秋

回忆白允叔先生

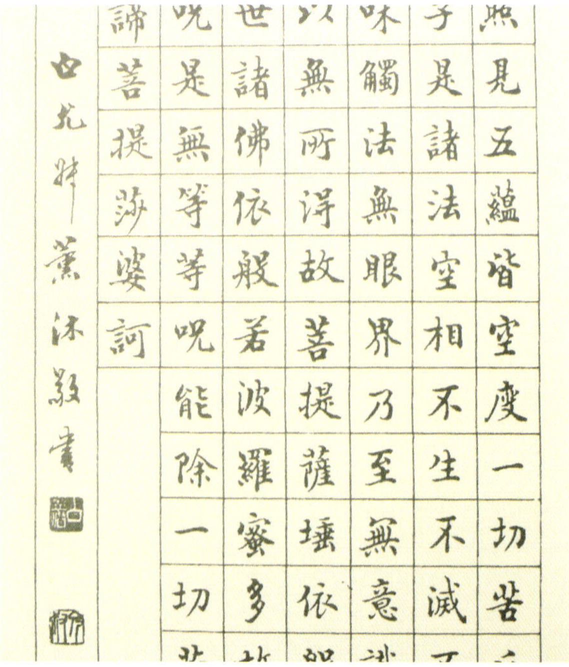

不知不觉，白允叔先生离开我们已经一年了。在这一年里，每当我看到先生的书法作品和遗物，总要想到他的音容笑貌，仿佛他依然健在，只不过依旧住得很远，大家难得见一面……

我随先生学习书法是在“文革”期间。那时，先生在家读书，养鸡，种花，做饭，书法仅仅是一种偶尔为之的消遣。当我这样一个稚气十足的少年向他拜师请益时，他内心深处对书法艺术的挚爱之情洋溢而出。特别是在那万马齐喑的年代，面对我的求学，先生真可谓“其喜洋洋者矣”。记得在他家后门的小院，篱笆外面是一湾小溪，院内一张石桌，数盆兰蕙，环境简洁清新。我与先生常常坐在那里，几碟小菜，几杯老酒，不知时日地闲谈。他讲“饮酒美如花渐放，读书乐似客初归”的情趣，讲“玉壶买春”的“春”字是唐人对酒的一种称谓，讲“锦水春风公占却”中“却”字的读音，讲烹饪的色，香，味，器，型，当然也讲“书法乃用笔之法”。那时我住家小天竺，先生住洗面桥，两处有二十多分钟路程，常常是晚上我从他家出来，他一路送我，一路海阔天空闲谈，到我家门口，我又送他回去，往往要好几个来回，彼此才依依惜别。后来他送我一幅四尺单条，上书“亦弟亦友”四字，

白允叔书法心经局部

和气生财·阿桂篆刻

让我眼睛湿润了许久许久。

先生待人平和，为师却极为严格。拜师之初，他见我临习《曹全碑》已有一定基础，就要我临习颜真卿的《麻姑仙坛记》，以加强我用笔的力度和提按转折的训练，培养我对书法端庄雍容气度的认识。先生十分强调“书如其人”的辩证关系，所以他不仅逐笔逐字批改我的书法作业，而且注重在文、史、哲、诗词等方面对我进行指导。为了让我转益多师，得到更多的书学熏陶，他还带我拜访刘东父、余中英先生，使我得到许多终身受益的教诲。与此同时，先生也一改过去于书法偶尔消遣的心性，坚持每日临池。过去，先生的书法倾向于帖学，且柔美多于俊秀。对此，他一方面加重帖学的拓展，再次认真临写李邕、米芾、王铎等人的法帖；另一方面则更加广泛地阅读碑学，着重在《张迁碑》、《泰山金刚经》、《郑文公碑》、《张黑女碑》等碑学的用笔、结体及其气质中徜徉。当我大学毕业时，先生约我参加他们的书法活动，我忽然发现，先生的书风已经大变，形成了结体谨严、俊秀隽永、飘逸多姿的自家风貌，在当代墨海书林中已经独树一帜，个性十分鲜明，雅俗共赏。他的作品获1979年“全国书法评比”二等奖，在书法爱好者中产生了广泛的影响。但是，在这种情况下，先生并没有陶醉在已有的艺术成就中，在孜孜于个人艺术成就的追求与深化的同时，把更多的精力与艺术修养贡献给了书法艺术的创作与普及教育上。看到今天书法队伍的壮大与成绩，我不能不时时想到施孝长、余中英、刘东父、游铁堂、李灏等前辈，不能不时时想到允叔先生在南虹书艺班、东城区书法研究会、丙戌金石书画研究会、成都市书法学校、四川老年大学、翰林书画艺术学院等书法团体中辛勤耕耘。没有他们的无私奉献，没有他们的谆谆教诲，就不可能有现在年轻一辈的书学成就。前人诗句“但开风气不为师”，用在他们那一代人身上，我以为十分贴切。

白允叔书法“亦弟亦友”（136×34cm）

款识：德扬弟与余结文字缘十载，每有切磋。友难，诤友尤难，以弟而能诤者更难。因是之，道得以寸进，愿共勉之。壬戌除夕话旧意新，书此以志。允叔于师竹斋中。

先生教我书法从“永字八法”始。不过，他认为“永字八法”只是一种说法，一种归类。前人讲“永字八法”，每一法有八种变法，于是有八八六十四种笔法。实际上不能那么机械地去理解。学书法关键是掌握用笔，只要是通过毛笔在纸上表现出合乎美的线条，其法度就是可行的。所以，米芾八面出锋为大家，颜真卿纯用中锋也为大家。因为这种认识，先生教学时从不要求学生学他。即便是学古人，先生也相当尊重学生自己的爱好与选择，他只是根据学生的性格、气质和学习阶段的发展变化而推荐范本。现在他的许多学生如仅从其书法作品看，很难看出与先生的师承关系，但先生教的书学理论、笔法及书外功夫等，却深深融进了同学们的治学与审美意识中。比如书画作品的用印，一般人往往把它作为一种程式，并未深入研究它与书画作品整体的关系。先生在教书法时，常常强调我们要注意用印的大小、位置、内容以及印色。他要求我们用印时要想到“万绿丛中一点红”的境界，要用印章来调节作品整体的虚实轻重。用印的大小一般以款字大小为准，款大印小显纤弱，款小印大则粗俗、霸道。款印如用两枚(除长款外最好不超过两枚)，大小应一样，且一朱一白，上朱下白，这样可以在视觉上给人以稳重之感。闲章(包括引首或其他)不论长、方、圆或异形，其印面宽度不宜超过款印宽度，宜小不宜大。总之，平衡与协调是用印的关键。每每想到先生的这些教诲，我都要为先生的辞世而痛心疾首，特别是当我们这些学生经过老师的指导，在书法艺术范畴好不容易有了一点感觉，可以与先生既琢且磨时，先生却难以言说了。这能不叫人痛心么！

1998.2.20

歌以祈福

1970年仲夏，一个傍晚，我随父亲去白允叔先生家。饭后灯下，当先生听说我在临写《曹全碑》时，顿时神采飞扬，情绪高涨。他从“永字八法”的各种变化谈到篆籀碑帖的体式用笔，洋洋洒洒，我如闻天籁。于此，我与先生结师生之谊廿又五载矣。现在，先生的书法集蒙各界朋友的关心支持即将问世，我忝列先生门墙“首座”师兄，很想也应该借此机会代表大家赘叙数语。但满腹思绪，不知所云。特别近期目睹先生因病魔缠身，备受沉疴煎熬的情形，更是心痛。未几，花朝即届先生70寿辰，感念师恩，内心戚戚，谨以十年前贺先生六秩寿辰所撰长联，附骥于后，略表寸心。幸甚至哉，歌以祈福。

弱冠垂髫，即展子敬青毡，潜心策论。萤窗雪案，风晴雨露，铜壶滴漏，欣欣然冀德润乎饥寒。更岸帻事戎，追随铮铮俊才，转战三千里路，鼙鼓金戈，矢志国医，旌旗新禹域之疆。叵耐时乖命蹇，先生欲语却咽，辗转反侧，幽思愤懑，竟使满腔珠玑，系与春艺万味

花甲老耄，仍援郭璞玉笔，刻意碑帖。端砚徽宣，篆草真行，虿尾画沙，洋洋者聊应予之雅好。还倾腹师教，荟萃济济英髦，舌耕六十四法，颜筋柳骨，凝情艺理，翰墨壮神州之色。值逢稚慧天聪，弟子长吟当鸣，虚实清灵，韵度矜持，频将诸种绚烂，馥其桃李八方。

后记：1986年，先生60大寿。我因公出差不能亲临其寿，于火车上撰此联寄回成都。此联上下联除标点符号外，各99字，以喻先生南山之寿。联中还嵌先生字德润、号应予。可悲的是，先生于1996年5月因病谢世。在他临终前，我把他的《白允叔书法集》草样给他看，他很高兴，特别嘱咐要把此联入集。先生走后，悲痛之余猛然感到，我自作聪明地用99大数撰联，是违了天意呀！满则损，为啥不用98或66之数呢？!

祈先生谅我……

丁亥白露又记于竹庐

红蜻蜓（50×55cm）

十丈龙孙绕凤池

为纪念书画篆刻名家游丕承先生90诞辰，诗婢家美术馆邀请吕清平、何大治、陈明德、刘征兵、潘锡仁五位游老门下的精英举办“游门印学师生篆刻艺术展”，可谓吾蜀幸事。

游老丕承先生对秦篆、汉隶诸碑、砖瓦文字涉猎甚广，对北碑研究尤为精深。先生积数十年临池之心得，镕篆隶金石文字于一炉。因是之故，其书法篆刻自成一家，至今仍为印坛楷模。特别是先生生前创立的四川第一个印学团体“开明印社”，秉承“但开风气不为师”的儒学气度，言传身教，孜孜不倦地培养了一大批篆刻人才。其中不乏当今活跃于印坛，并跻身西泠印社和中国书协的精英人物。应当说，游老门下学生，经年以来，大多收到了青蓝之效，成绩斐然。我以为，这得益于游老的印学思想和篆刻理念。前贤有云，有道无技，技尚可求；有技无道，止于技。所以，技的关键在于进乎道。印学的“篆法、章法、刀法”三要素，其“道”何在？在于“印从书出”，在于“印宗秦汉”。记得20世纪80年代某日，我和乐林陪游老、白老品酒聊天，游老大快朵颐之时，给我俩大讲印学篆刻之道，其中喋喋不休的，就是这“印从书出”和“印宗秦汉”八个字。多少年过去了，这八个字既是我品鉴篆刻艺术的尺度，更使我由此及彼、触类旁通地理解了许多中国书画艺术的真谛。游老门下精英

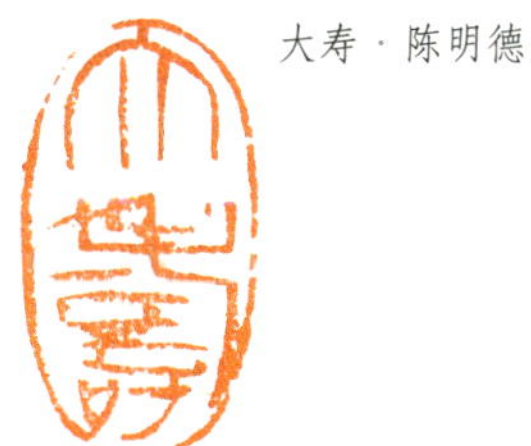

大寿 · 陈明德篆刻

心无挂碍·潘锡仁篆刻

之所以能在书画篆刻领域收青蓝之效，即源于此“道”。

近年来，中国篆刻艺术有了前所未有的巨大发展，根本原因就在于当代书法艺术的发展开启了印人的思路。纵观历代有成就的篆刻大家，无一不是在书法艺术上有着很深的造诣，无一不具备自家风范和自家面貌。也因为此，篆刻的单刀、双刀等技法，才有了丰富的“技进乎道”的线质内涵和人文情结。特别是近年来美学理论的丰富以及艺术各范畴之间的融合，书法中的“飞白”，画面上的夸张、变形等等，都从不同的层面上促进了篆刻艺术领域异彩纷呈的多元化个人风格的形成。画风、书风、印风，人们不再画地为牢，故步自封，而是各自因其资质和不同的际遇，策以其道，业精于勤。

关于此次展览，谢小勇兄曾以“游刃有余”一语概之。游者，游老不承先生是也；刃者，刻刀也。游不承先生90诞辰之际，缅怀先生其人其艺，举办“游门印学师生篆刻艺术展”，善莫大焉。师者，所以传道授业解惑也。游老不承先生因其纯正的印学理念，对学生的传道出神入化，道而不径。以先生的诙谐、豁达，藩篱之外，兼收并蓄，又当得起授业解惑。因此，清平等五位老兄的书法篆刻，能得游老之余绪。前人留下的恩惠德泽，被诸君发扬光大，这次展览，可谓“游刃有余”，先生神灵，当为之莞尔矣。

寥寥数语，既表示我对诸君的祝贺之意，亦以此深切缅怀游老不承先生。“新竹高于旧竹枝，全凭老干为扶持。明年再有新生者，十丈龙孙绕凤池”——祝愿诸君节节顺利、步步登高！

己丑仲春于竹庐

妙相庄严步生莲

郭汝愚先生《罗汉图》读后感

欣赏郭汝愚先生《题罗汉图诗》，读到“世外真人来九天”、“妙相庄严步生莲”等诗句，对于他的嘱咐，顿时有了切题之要。因为先生德艺双馨，一心向佛，其作品无论是书法还是绘画，无论是工笔还是写意，无论是山水还是人物，无论是走兽还是翎毛，都透着一个“净”字，既净亦静，因净而静，妙相庄严。我以为，面对红尘的浮躁与喧嚣，先生只取了一瓢饮——艺术的纯真。

郭汝愚作品《罗汉图》局部

这，是一种难能可贵的觉悟。

佛，是由梵文音译为“佛陀”的简称，意译为“觉”、“觉者”、“知者”。觉有三义：自觉（自我觉悟）、觉他(使众生觉悟)、觉行圆满（佛教修行的最高果位）。而从汉字的会意功能来看，则是学而有见为“觉”。对于大多数人，学习并不难，难在通过学习而能有所识见，通过学习而能有自我观照。先生以其对艺术的纯真态度，在其佛像作品特别是罗汉画中反映出他既净且静的“心路历程”，可谓“一超直入如来地”，当为“觉者”和“知者”。

隋唐以来，历代画家都喜欢以罗汉为题材作画。欣赏先生所画罗汉，“胡貌梵像，曲尽其态”。这些罗汉形象，耳戴金环，丰颐悬额，隆鼻深目，长眉密髯，形骨古怪。服装与配饰皆具有异域色彩。有的独倚松石，有的环坐山水，其排列疏密、聚散、前后错落层次分明，人物动态转换，顾盼呼应，自然生动。一派旖旎从风，群仙毕至的景象。先生秉承悦禅之风，以参禅入定之莹神虚静而入艺

郭汝愚作品《罗汉图》（34×45cm）

术创作，自然赋予了画面人物自己那心醉神迷的内心体验。在这种内心体验中，万物齐一、物我泯灭，“寂然凝虑，思接千载，视通万里”。因为有内心的澄澈如洗，固有笔下生气，神韵自至。人们常说，每一幅中国画都是点、线、面的组合，是点、线、面的交响曲，这不是没有道理的。中国画的线描手段出神入化，最能捕捉一切具象的神采，也最能体现画家的气质和品藻。看先生的画，用笔遒劲，提按顿挫，带润方燥，可以说其画面的简逸之韵，胜过前代工丽之作，充分发挥了以虚带实的艺术想象力。在整个作品中，达到了笔、墨、色浑然一体，艳而不俗，形神兼备，衣纹简练，笔法飘逸。同时，先生特别讲究构图和布局，其人物背景或增、或略、或简、或繁，都能虚实结合，情景交融。在人物形象刻画上，他不只表现出人物的外貌特征，而且揉进了人物的精神气质，任笔为体、涉笔成趣，依类赋形、形神具备。所以，看汝愚先生的《罗汉图》，会时时令我想起“精到”二字，并为之击节赞赏。

进一步地说，历代画家所画罗汉图，是把宗教题材世俗化，它主要不是用以供奉礼拜，而是为了欣赏和自我观照。特别是唐代禅宗兴起，主张顿悟，见性成佛，认为世间万物本身自有佛性，自然界的山川河流、草木花鸟、风雨雷电和人世间百般实相都可以参禅，成为顿悟佛性的机缘，罗汉图就更是为人们所普遍喜欢，赏心悦目，自我观照，得其所哉。而这一层意思，却又是我这凡夫俗子所不逮的……

己丑岁尾于竹庐

狂者进取

古人讲意气相投，确实，朋友投合在于性情，在于志趣相通和相处融洽。所以，每当想到晓亮，我总会忽略他的画家身份，总会直接想到，这是一个很好耍的朋友。

认识晓亮是在一次朋友聚会的麻将桌上。长发、黑红脸庞泛着油光、粗重的项链、夸张的饰物，似乎很狂。朋友介绍说“画家”。当时我想，不知这位老兄的油画画得如何。

牌桌上，他大呼小叫、出牌肯定、迅捷潇洒、手风大套。时而虚张声势，恐吓他方，时而故布疑阵，诱人上钩。一旦和牌就嘻嘻窃笑，像个小孩；抬炮了就哇哇大叫，一副悔不当初、痛苦万分的样子。在我看来，对他而言，打牌的输赢已经很是次要，关键是他很能享受玩牌时那种投入的快意。我想，此人有趣、明朗豪爽，好耍！等到次日凌晨雀战结束，我搭他的便车在公路上高速驰骋时，酷爱车技的我就更加认定，晓亮将是我永远的好友！

自那以后的七八年来，我们彼此之间相知相交，就像竹马朋友般，心无挂碍，毫无客套。对他的感觉，只有一点我是失误甚至吃惊了，那就是他不画油画，而是画中国画，画那种细笔小写的写意花鸟画。对于品画、评画，我认为那是观赏者的事情，萝卜青菜，各有所爱。因此，对

杨晓亮作品《山塘波泛泛》（68×68cm）

杨晓亮作品《直到荷枯水尽时》（50×160cm）

他的画，我不能自作聪明地去评说，而是要留给观赏者自己去品味。我只是奇怪，以他的性情气度以及个性癖好，可以把画画得色彩斑斓，富丽典雅，可是，咋个会使作品显得那么温馨细腻、儿女柔肠的呢？由此，我印证了晓亮性情的另一面，剑胆加上琴心，矛盾的组合，实际上是个性的一种丰富和完善。这就好比一幅画作中，只要有笔墨块面的干湿浓淡、有色彩空间的冷暖虚实的对比，作品就丰满，就耐看，就不会显得单薄和一览无余……

今年年初我去彭州，我俩约好在一个街口见面，我到了以后他没在，那里只有一辆大红色的“北斗星”小车。电话中我问他在哪里，结果从车上下来这么一个他：牛仔帽、牛仔衣、牛仔裤，长发披拂，鼻梁上还夹着一副墨镜！再看他的车：倒车镜、防撞杠、油箱门、前门后门甚至离合、刹车、油门等等等等都被各种饰物、贴花装饰得美轮美奂，前卫花哨！我摇头、点头，说，好一个现代青年摇滚画家！

晓亮就是这么一个外表粗犷豪放，实则秀内慧中的人。他的聪明机灵、他的激情狂热，令我常常想到古人说的“狂者进取，狷者有所不为”。以我对晓亮的认识和了解，他就是一个无拘无束、快乐的“狂者”，就是一个性情正直、不肯同流合污的“狷者”。作为陈承基先生的高足，我想，晓亮既承袭了先生的秉性，又脱出了先生的画风。能达到这一点，源于他的进取和有所不为，源于他刻苦的钻研和广泛的学习。只不过他太聪明了，用“好耍”掩藏了他的刻苦与治学，这可是深得“好耍”二字的个中滋味呀。

于是我又想，画画本来应该是一件好耍的事儿。好耍的人去画好耍的画，那就太好耍了！

1996年夏于是斋之南窗

毓秀钟灵一方家

读陈明德篆刻作品

面对明德兄赠我的《千石集》，不知从何谈起。我于书画之道，是眼高手低，偶有所谓作品，也自嘲之为“玩”。既然是玩，也就往往兴趣盎然之后是索然。对于篆刻艺术，则十足是门外汉。即便是兴之所至，操刀弄石，也仅仅是潇洒那种感觉。鲁迅先生有诗云：“爱人赠我百蝶巾；回她什么？猫头鹰。”如今明德兄赠我《千石集》，回他什么？乱弹琴。以我在篆刻艺术上的修养而要对明德兄的篆刻艺术有个说法，只好姑妄言之姑妄听之了。或许能有一二搔到痒处。

在与明德兄十多年的交往中，我从不附和他追寻足球的那份痴迷，也不赞赏他饮酒的豪兴。但是，对于他的篆刻艺术作品，我却是发自内心深深地喜爱。记得1990年我客居他乡，灯下无事以对联形式怀念成都友人时，对他是既噱且赞为“落拓嬉笑小泼皮，毓秀钟灵大方家”。此刻，品读他自己选编的“1986至1995篆刻选”，我依然念叨这几个字。不管明德兄与朋友侃谈时是如何忘乎所以，也不论他饮酒时是如何藐视周遭，一旦他手握刻刀，以书入印后，其给我的感觉总是那么宁静，那么真诚，那么严谨。不疾不徐，不狂不躁，如云卷云舒，节韵自然。透过其篆刻艺术的品格风貌，明德兄疏狂性情的里层实质是那

竹庐·陈明德篆刻

么灵秀，灵秀得敏感，灵秀得清纯。这灵秀、敏感与清纯聚积了他对篆刻艺术的挚爱，也由此构成了他秀逸工稳的印风。

当今画坛崇尚奔放、雄强的印风，讲求印面的斑驳之气。如此，做印多于刻印，刻印多于篆（书）印。窃以为积极的一面是以一种创新姿态显示节奏的明快、个性的展示和感官刺激，以摆脱传统观念的束缚；另一方面则是以一种直观式的视觉张力，掩盖其对篆刻艺术的幼稚和无知。我对篆刻艺术的欣赏，从不执着是否“印宗秦汉”，也不执着是否雄强和秀逸，但却执着于“印从书出”，并以此作为我品评篆刻艺术的尺度。因此，在秀逸工稳一派中，我从不喜欢那种如铁丝般扭曲、缺乏线质变化的篆刻；而奔放雄强一派中，我又颇为欣赏王镛、黄惇等人的一些作品。中国书画的底蕴与实质来源于点与线的构成及其运动变化。与中国书画息息相关的篆刻艺术，必然也应当以点线构成及其运动变化方式为重要内容。许多人在谈到篆刻时，往往提到“金石味”。“金石味”是什么？一般理解为印石受刀镌刻后所呈现的一种自然剥落的痕迹趣味。这种痕迹趣味确实是篆刻形质神气的有效载体，但它并不代表整个篆刻艺术的金石之气。要完整理解篆刻金石之气，绝不可忽略篆刻艺术中刀的趣味、笔的趣味。刀趣与笔趣是相辅相成的。笔趣依于刀法，刀趣依于笔势。印痕中的刀迹内涵，正是笔的趣味所在，印文的斑驳石趣离开刀法笔势之趣必然显得苍白乏味。所以，篆刻艺术强调以刀代笔，以书入印，以刀达意。这也是区分篆刻家与刻字匠的关键所在。

厚甜遣兴 · 陈明德篆刻

明德兄治印，用刀讲究，冲切兼容。但他更注意印文的篆法与线条的质量。因此，虽然他曾大量临摹秦汉古印，既痴迷于近现代大师，又探索当代韩、石之辈，但其内心深处依然受他恩师游铁堂先生之教，在篆书线质的取法上，钟情于隶篆的线质运动与变化。从篆刻的角度看，篆书这种形式在小篆中发展到极致，以它入印，其线条的流动变化已很难表现篆刻艺术的丰富内涵。也就是基于此，明德兄以隶法入篆，乐此不疲，创作出了许多佳作。在治印过程中，明德兄深知“方正易板，参弧则动”的理趣，因此，他处理印面文字精美，细腻清新，方圆结合，线条圆而苍劲，挺而秀丽，字形虽多带方意，但使转圆润，开合有致，表现了篆文书写的极大魅力。我欣赏明德兄的篆刻艺术，就在于从他的篆刻艺术中可以充分发现和享受书法的金石之气，这比之于一般品评篆刻作品有无书法之味又进了很大一程，这是一种质的递进。

明德兄篆刻艺术的魅力还表现在他对印面构成的精巧安排与考究上。通过字形的变化，方圆、虚实关系的处理，使印面文字达到最佳平衡与和谐，从而组成精美的画面。从“种竹人”、“云巢”、“敬居”到“翰墨千秋”、“山阴人氏”、“到处云山是吾师”、“后甜遣兴”等等，无论印面大小，均可看出他对印文处理的经意与推敲。具体如朱文“后甜遣兴”一印，细细品读趣味无穷。此印运刀犹如写字，一刀之中轻重、疾徐、斜正、曲直随心所欲，冲切兼用，骨力强劲，线形丰富，刀笔俱佳。印面章法布白上也极为用心，是理解“方正易板，参弧则动”的最好例证。他在“厚”字下部以弧线留出大空，左下角则以“兴”字下部弧线与之呼应。为调和韵律变化节奏，在“甜”字右部中又横划竖立，且以小弧线呈“S”状，这就使右下角到左上角的弧线之间有一个微妙的起伏。这在酷爱音乐的我看来，犹如听到舒伯特小夜曲似的享受。更为绝妙的是，他让“遣”字下面走部横划引而不发，蓄势待进，让此笔画既保留一种向右拓展进取的趋势，但又突然停止，为右上角之空白保留余地。同时，此处笔画所留小空与上面笔画之断痕小空又相呼应，错落而有致，真正是把中国书画意到笔不到的意趣发挥到了极致。此笔画收得逗人，约得可爱，给人一种精到的韵味享受。

此外，明德兄在治印时，不管对朱文还是白文，都很注意印面边框的处理。有云，何必敲边学古人。但明德兄却很聪明地借鉴了古人敲边击残的制印技巧，看似漫不经心，实则刻意经营，让人很难发现故作斑驳的痕迹。所看到的，依旧是自然、直率与纯朴。或许，这自然、直率与纯朴就是明德兄篆刻艺术灵秀之本?

1996.10.24

仁者乐山 智者乐水

2010年和薛磊在成都画院

薛磊的山水画展名为“怀古见今”，可谓一语中的。“怀古”是前提，是基础，是承受“见今”的“底”和载体。为画展冠名，虽然几经琢磨，但最能体现薛磊所思、所想、所悟、所画的，我以为还是舍此莫属。

方今中国社会发展物质上的成就举世瞩目，精神上却似乎空前迷茫，无所适从。作为一种主流的社会倾向，重物质轻精神之风几乎达到高峰。特别是经过20世纪60年代每一个人从自己灵魂深处“大革文化的命”，以及全社会群众性地对传统文化的毁灭性破坏，我国优秀的传统文化尤其在非物质文化遗产方面，几乎断裂，传承岌岌可危，以致近年来面对西方强势文化的各种冲击和挤兑，我们缺乏深厚实力的支撑和底气。许多人要么数典忘祖，妄自菲薄；要么邯郸学步，不知所以，悲哀之至。当是时，爱好书画艺术的薛磊却不仅名其画室斋号为“怀古堂”，而且把业余生活的注意力大部分转向了国粹，转向了他现在深深喜爱的中国山水画，一头扎进了范宽、石涛、“四王”以及黄宾虹等大师的山水画作之中。这一点，发生在曾经是油画专业高材生的薛磊身上，实在不易。在他过去的油画作品里，欧洲文艺复兴画风俨然，其细腻笔触、写实能力以及对色相、色度的把握让人刮目。对油画艺术已很有

远观 · 陈明德篆刻

薛磊作品《松里云深夏亦寒》局部

功力的他在油画市场天价迭起的喧嚣中却似乎不为时尚感动，不仅不去凭借其实力和“人民币”较劲，反而潜心中国水墨山水画的创作。嗟叹之余我想，薛磊之所以如此选择，应该是在他几年军旅生涯后，特别是在进入国家公务员系列并深入文化领域工作以来，各种社会现实状况在其内心深处逐步积淀，最后生成为对社会政治、经济和文化发展的一种人文关怀，一份文化情结。“怀古见今”这四个字，实际上是薛磊的政治素质在文化属性上的一种体现和反映。

关于画画，我激赏薛磊的这种转换。因为艺术的根本区别和差异并不在单纯的技法与材料，它们所赖以发展的思想基础和美学理念才是相互比较的关键。薛磊的“怀古”，是对我国传统文化中天人合一、人与自然亲和的一种强调，是对优秀的民族文化精粹的一种传承希冀。

中国人关于山水的观念，源于原始的宗教。中国山水画不是再现自然景观，而是通过自然景观的表现，赋予自然以文化的内涵和审美的观照。春夏秋冬，朝暮白昼，风霜雨雪，山水表现出了不同的面貌，体现了生命的意义。因此，山水和人一样具有内在的生命运动和精神力量。中国艺术中关于自然的观念可以说是先天的，这种先天的因素是精神高于物质、思维高于存在。天地与我并生，天地与我合一。人们关注山水，寄希望于山水的表现，扩展自己的生活空间。“嵩华之秀，玄牝之灵，皆可得之于一图。”所以，中国的传统山水画是人化了的、自然的、疏离了现实的山水，这种疏离中隐藏着的山水画淡泊、静穆的背后，是山水画家的个性张扬和人文关怀。山水画经历了上千年的历史发展，形成了完整的笔墨技法体系。纵览历代山水画作，虽风格不一，但笔墨程式大同小异，师承之脉络清晰可辨，千变万化不离其宗，表现出强烈的中国山水画的特质。传承与创新并不是现代人的理念，早在石涛时期，他就提出了“笔墨当随时代”。所以，古代大师大多都是从笔墨技法的学习研究入手，由师承而后体察、感悟大自然，获得心灵启示，创新技法，形成新的艺术风格。而笔墨技法的承袭，始终贯穿于山水画的发展过程中。我想，这也是薛磊“怀古”的深心所在。

当产生传统山水画的封建社会土壤消失，现代世界已由农业革命、工业革命转变为信息革命，个性解放、文化多元的时代展现在我们面前。在强劲的现代山水画多元发展的潮流下，中国的山水画创作者都无疑面临着这一重要转型期。当代中国山水画将呈现出多元化并存的趋向，而民族的、表达人性“真、善、美”的山水画将成为多种趋向的主流。要创作体现时代精神的优秀作品，首先艺术家要有“重立神而不废道”的“天人合一”的基本创作观念。从时代需要选择课题，将传统的笔墨化为有意义的内涵。任何一种艺术形式，它的语言形式和形式表达的终极目的都是对一种文化的阐释。所以，那些立足传统，深入生活，有着强烈的时代气息，旨在表达时代精神的作品更能经得起时间的考验，成为没有主流中的主流。我想，这应该是薛磊“见今”的善意和目的。

“仁者乐山，智者乐水”。愿薛磊自在于其中，乐在其中……

戊子岁尾于竹庐

薛磊作品《松里云深夏亦寒》（245×120cm）

无风清气自相吹

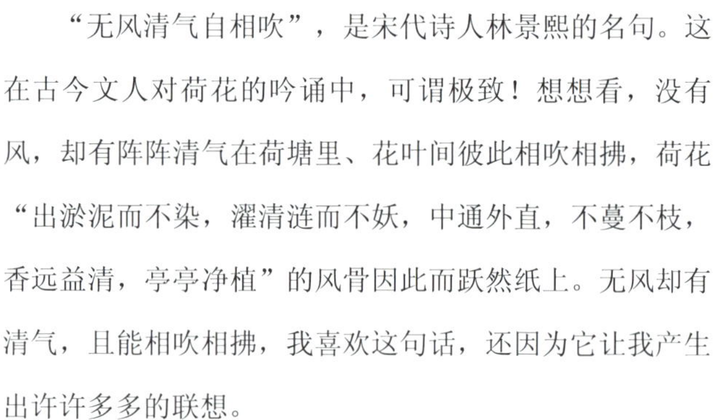

“无风清气自相吹”，是宋代诗人林景熙的名句。这在古今文人对荷花的吟诵中，可谓极致！想想看，没有风，却有阵阵清气在荷塘里、花叶间彼此相吹相拂，荷花“出淤泥而不染，濯清涟而不妖，中通外直，不蔓不枝，香远益清，亭亭净植”的风骨因此而跃然纸上。无风却有清气，且能相吹相拂，我喜欢这句话，还因为它让我产生出许许多多的联想。

比如艺术，我认为一个人后天的勤奋学习固然重要，但是归根结底那是一种先天的素养。没有天分，没有那种对艺术最直观的敏感和自信，不管多么勤奋努力，也难以登堂入室。无风，却有清气四溢，这是一种本能，是一种气质，是一种由内而外的东西。看了唐国强的书法，我更加坚定了自己的这种认识。

初识国强兄，是在我们一大帮书画家慰问部队官兵的笔会上。那天，他作为主人，对我们盛情接待，在吃饭时甚至引吭高歌，周身透出一股强烈的豪爽磊落和聪明灵动劲儿。那一次，我知道了他喜欢书画艺术，在部队上的名声还很大。

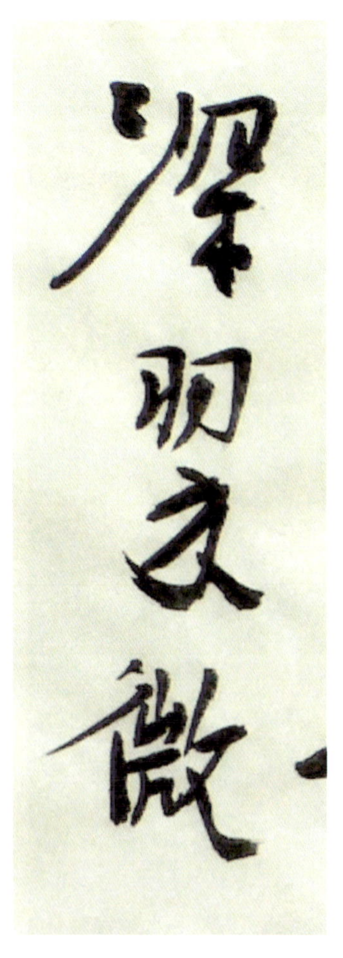

唐国强书法作品局部

后来他到地方工作后，和我们接触多了起来。大家一块儿喝酒、唱歌、打牌，不亦乐乎。这些他都是活跃分

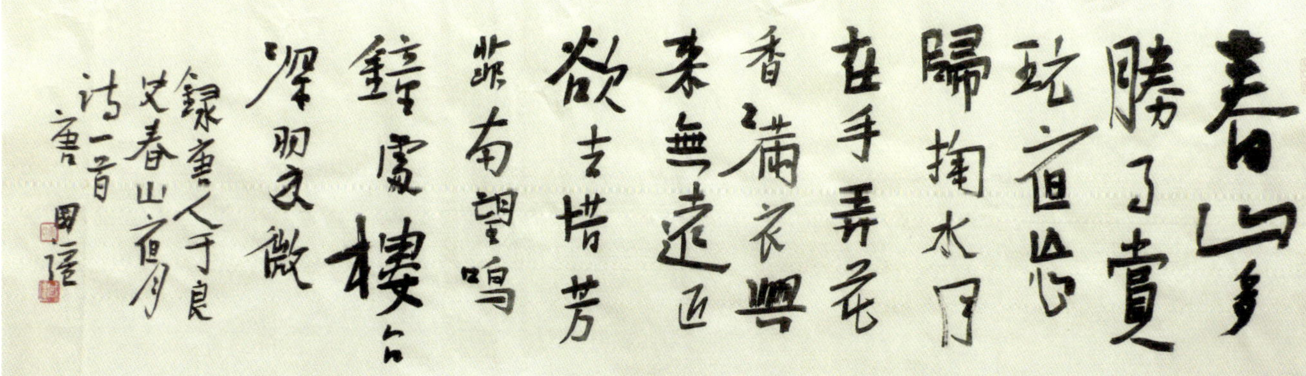

唐国强书法作品（34×136cm）

子。只有当我们写字画画时，他才静静地看着、想着。直到几年后的一天，当他拿出自己写的书法作品给大家看时，全体“人民”傻眼了——中锋收藏、侧锋波磔，整个书风俊秀疏朗。我感到，在他的洒然文气中，甚至潜藏着强烈的发展张力。特别是在书法的用笔用墨上，已是俨然得道。圆笔方折，方笔圆转，枯、湿、润、燥，无一不理于法之中，情于法之外。他的那些作品，既有传承和根本，更有逸妙和机巧。这才知道他暗地里在下着功夫。诸如龙门十二品、二王、颜真卿、米芾、金农等等等等，国强兄在前贤法书的一一观照和内省中自得其乐。虽然没有老师的规范，却因此而有了自由思考的空间；没有书法门派的约束，却因此而有了个性张扬的快感。凡是经他过眼的、合乎自己性情的书法作品，都细细揣度，心追手摩。几年下来，国强兄有了对于线质的直观认可和心灵感应，有了对于提、按、顿、挫的主观意识和创作实践，其中有了墨法、水法乃至章法和节律的体会和创作试验。特别是在“巧”和“拙”的关系把握上，更是因为清醒的认识而能对其有适度的掌控。看到国强兄的这些书法成果，我不禁发自内心深处地为之喝彩。因为在学习书法艺术的过程中，许多人穷其一生，也难以对书法艺术得窥堂奥，而国强兄却能“一超便入如来地”。这，就是天分！就是难能可贵的“无风清气自相吹”！

现在社会上许多搞书画的人，热衷于炒作，甚嚣尘上，效果似乎也达到了自相吹拂的地步。然而，虽然它瓦釜尿罐作雷鸣响，却是臭气熏人，浊气满天，无知无畏，贻笑大方。即便是闹哄哄你方唱罢我登台，也终归是“把戏”。而于清气四溢的国强兄，我却坚信：以其天分和自我观照的能力，他的书法艺术前途一片光明，真可谓“前头一片好山来”是也。因之故，我为其鼓与呼……

戊子金秋于竹庐

阿桂这小子

篆刻家陈桂生，因其籍贯是福建，所以大家叫他“阿桂”。

近年来，因在各种报纸杂志上配画，以及“古古”等漫画读物的刊行，阿桂这小子作为篆刻家，又赚了一个漫画家的头衔，而且还真有点子名声在外。在他画的每幅画下面，那怪怪的“阿桂”签名图式，不认识他的人不会注意，认识他的人多半会联想到他“嘿嘿”笑时，那裂开的一张大嘴。更为有趣的是，在他笔下的漫画人物造型中，总有那么一两个唇线几乎靠近腮边的人物，这大概是所谓的“自恋情结”和“真情流露”吧。不是么，韩羽先生的额头平滑，以致其笔下的人物也全没脑门。这，真是邪了门儿！

阿桂漫画作品

我和阿桂这小子的相识、相知，始于上个世纪，至今已冉冉二十多个春秋。其间见面并不多，有时几个月甚至半年也难得见上一次。电话倒是常打，但却多半是“啥事情，讲”，彼此的交往真正是到了古风淡水的地步。说到这里，我想起当年白允叔先生送我的一幅书法立轴“亦弟亦友”，上面感慨地写了一段话，“友难，诤友尤难，以弟而能诤者更难……”。我想，我和阿桂彼此之间，就因为这一个“诤”字，虽然相交看来很淡很淡，相知却是很深很深……

阿桂这小子讨人喜欢，还在于他的稚朴与随和。记得在他和小红的大喜之日，朋友们去朝贺的时候，明德等兄弟伙非要闹一闹才肯罢休。于是，按照要求，他和小红分别在各自的小腹部位拴上一个铝锅锅盖，面对面不断地互相碰击，碰响了才过关。看着大家的哄笑、小红的娇羞、阿桂的大嘴"嘿嘿"，当时我想，这小子真是稚朴得可爱、随和得逗人。后来隔了很久，我又想，哼，这小子在装憨啊！白驹过隙，斯景斯情，恍如昨日，历历在目。如今我们大都是"奔五"老小伙了，每当想着这些事，也不禁常常哑然。

我最惦记阿桂的日子，私心其实是在每年的春节前夕。到时，我会苦苦地盼着、催着这小子的新年贺卡。因为每年他都会根据朋友们的具体情况，以漫画和卡通的形式，因友制卡，幽他一默。其中送乐林的"冰糖葫芦"，送我的"哎哟，不得了啦"，初看瞠目，继而捧腹，直到如今大家提起，仍然是津津乐道。他以他的幽默，愉悦了大家。不过，今年他应该挨板子了，不仅是我，可能谁都没能再收到他的贺卡。唉，与时俱进嘛，他也有自己的要紧事呀。

哦，他给我的好处还有一点是不能忘记的——好几年前他送我两枚小印，朱文小圆印"乾道"、朱文小条印"放则生"，都一直为我所宝贝，几乎是我的书画作品的必用印。立此存照，以防假冒。啊，我写了这么些文字，说了这么些好话，看来又有几方好印是跑不掉了。

再拍一下马屁，阿桂这小子真是满可爱的（嘘，不要闹，这是为了得更多的好处哦）。

2003年4月 愚人节

阿桂漫画作品

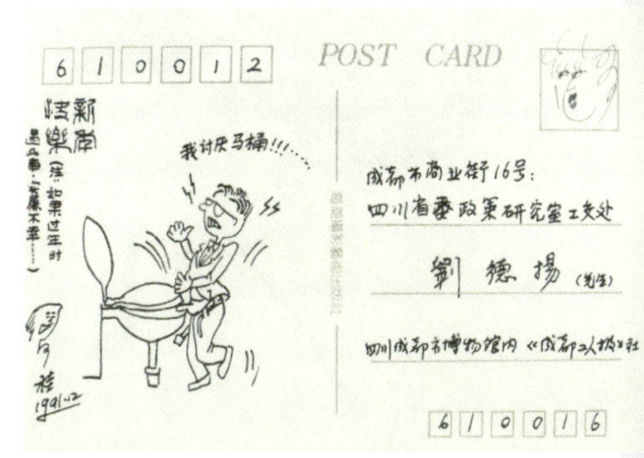

天惊地怪见落笔

管窥廖鹏花鸟画作品

“天惊地怪见落笔”，缶翁此语对于中国大写意花鸟画而言，可谓掷地有声。对此，廖鹏兄应该感同身受。因为他所追求的，正是大写意花鸟画的那种“快意恩仇”似的酣畅淋漓。

中国画因其哲学基础和天人合一的思辨理念，实质是抽象的，是恍兮惚兮，其中有物；是惚兮恍兮，其中有象。它发乎性、关乎情，完全是一种笔墨精神。所谓写意，就是捕捉这种笔墨精神和自我内在品格以及情绪的契合点。写意画分为小写、大写两种形式，其核心是“写意”。“写”是手段，是形式；“意”是内容，是存在。二者形、质相依。写，包含描摹、叙述、倾吐、抒发等意思，用之于中国画的一种画法，就是不求工细，着重表现物象物态的感觉和抒发作者的审美意趣。在此基础上，大写意则是突出一个“大”字。一般粗俗而简单的理解是指大笔大纸，大花大叶，大红大绿，似乎非斗笔丈二尺幅不能尽其“大”。实际上，这个“大”是精神境界的大、是笔墨气魄的大，是“乾坤容我静”的“大”。因此，所谓大写意，并不在乎画面尺幅的大小，关键是抒发胸中块垒，“大”出气象、“大”出神韵、“大”出意趣。

廖鹏作品《丽春图》局部

廖鹏兄的画，就有这种气象、神韵和意趣。

钟吾所作·陈明德篆刻

由于大写意画注重心灵感悟的抒发，忽略物理表象的真实再现，很对廖鹏兄的胃口。廖鹏兄秉性既豪放、疏野不拘，在重情重义的江湖侠义中还有着他独特的敏感细腻。因此，在他的作品里其表情状物的能力很强，率真洒脱。他的画，看似狂笔乱墨，实却神形兼备、笔势开张，气宇轩昂，纵横捭阖而无狂狷霸悍；设色布局，清新典雅而无脂粉媚态；画面简洁，境界空阔，随机生发，物我两忘。说到画面的简洁，近年来廖鹏兄画画，很注意色彩的明度以及色相的对比反差。比如《和谐图》，画面色彩只有三种，蓝色的荷、红色的水禽（包含红色的印章）、黑色的款识。画面非常干净简洁，可谓明快。至于画面的丰富，他也极为聪明地主要通过两种“笔墨手法”来处理。一是通过色彩的明度变化，把冷调的蓝色用深深浅浅、朦朦胧胧的干湿浓淡变化予以铺排、冲撞和交接处理，充分表现出荷的高雅、矜持和自性净洁。两只红色水禽在一大片冷色之中，却又是热烈如火、激情四溢。这可能是他借用古人“万绿丛中一点红”的意趣吧，调子的响亮效果特佳，很有视觉效果和

廖鹏作品《丽春图》局部

意会的况味。再如《丽春图》，也只有蓝、黑、灰三色。丰富画面的手段仍然是色彩明度的变化，以及左下角那只举“轻”若“重”、回眸探视的水禽。画面于此浑然一体，静中有动、虚实呼应。二是他虽然是画花鸟画，却很巧妙地借鉴了石涛山水画中的用点之法。在这两幅画中，他分别用大大小小、浓淡不一、随意为之的色点、墨点来丰富画面，这样既增强了画面的空间通透感，又因气机的流动而生发出许多别样的意趣。人们常说，大写意画既是高度自我的艺术，又是高度忘我的艺术。有我与忘我看似相矛盾，其实是相统一的。只有有意识地追求大写意画这一独特的境界，才能真正地自出机趣。我可以想象，当廖鹏在画面上用点法时，他的那种忘乎所以和神情得“意”……

现在而今眼目下，善于“制作”的画家多如牛毛，能“写”能“意”的画家却是越来越少了。当摄影已然进入多媒体时代，并注重影像的虚拟、幻化以及电脑的各种后期处理，我们大多数的中国画创作，却进入了你追我赶的对物象光影和质感的描述。在这种物象真实和质感描述的后面，我们读到了什么？除了作者那废寝忘食、夜以继日、头昏脑涨的制作外，还有什么？虽然人人都惊叹于这种真实和细腻，也只是惊叹而已。宗白华曾经说：“中国画法不全是具体物象的刻画，而倾向抽象的笔墨表达人格心情与意境。中国画是一种建筑的行线美，音乐的节奏美，舞蹈的姿态美。其要素不在机械地写实，如花鸟画写生的精妙，为世界第一。”可是，时代在进步，中国画的美学思辨和审美趣向却似乎在退化。“骨法用笔”被当代画家所淡忘，图式化装饰，肌理制作的效果，像超写实油画那种细如摄影等等“技”的东西，成为当今中国画的主流现象。中国画的“道”——意象——这一宝贵内涵，却曲高和寡；中国画正大充沛的元神之气已是难觅其踪迹。所谓“俯拾万物”、“从心所欲”、“境由心造”等等画者观念上的感悟也成为无水之源、无根之木。

话说回来，虽然个性并不能代表学术，激情也进不了市场，但是，个性和激情是最好的东西。特别是大写意画，它首先考虑的是对大自然的诸多事物美好的想象，是画家自己纯感情、纯精神的感受。在大写意的过程中，精神的写意比形式的写意更为重要。我想，廖鹏兄的中国花鸟画大写意艺术，在他的激情、敏智、多思、坚韧等等综合素质的“培风”中，会走得更好、更远……

2009.12

廖鹏作品《丽春图》（136×68cm）

可贵平常心

周先云书画印象

古人说“书如其人”。其实，在艺术领域的其他范畴何尝不是如此。一个人的气质、性格、学养等等，总要在其艺术作品里有意无意地显现出来。也正因为如此，艺术领域才百花齐放，异彩纷呈。

先云兄魁梧体魄、儒雅性情，豪放而不粗狂，儒雅而不迂阔。所以，在他笔下的花花鸟鸟，灵动温润，韵味悠长。我看他的画，概括起来大致有如下特点：

1. 书写性。中国画强调以书入画。这不仅因为书与画的渊源关系，更重要的是因为书与画的墨法、笔法、水法、章法一一相关。哪怕是工笔画，其线质也十分强调书法用笔的顿挫使转和干湿浓淡。在先云的作品中，可以明显看出他于书法的修养和训练。他画鸟、画花、画石，从不横涂竖抹，而是见笔见墨，笔以墨显，墨因笔沉。这一点使他能够避开“改革中国画”的叫嚣，立足于纯正的中国画画家之间，坚定地进行中国画的创作。

2. 工稳性。先云画画不张狂、不弄险，平常如其心，工稳如其人。这一点，又与书道的“以楷法入行草之笔”相吻合。所以，他画画时濡墨敷色，不管作品大小，都是急徐自如，温润中藏灵动，工稳中显性情。看他的画，虽然没有扑面而来的所谓视觉张力，却有悠长韵味，

周先云作品《富贵和谐图》局部

周先云作品《富贵和谐图》（136×34cm）

让人驻足瞩目，品味再三。

3. 写实性。俗话说画鬼容易画人难。物象准确是画画的前提。先云画画很重形质，具体的把握上他既不逸笔草草如“新文人画”之流，也不“太似则媚俗”。特别是在草本花木的花、叶、枝、干以及翎毛的羽、喙、爪、翅等方面，他都极为讲究，决不糊弄观众。而是在中国画抽象原则的基础上，认真把握物象精神，并以一种平实祥和的氛围，展示他理想的花鸟世界。

4. 趣味性。先云笔下的花鸟，不是图谱，也不是依样画葫芦地拾前人牙慧。他画的花鸟山石，已然注入了自己的性情。特别是在那些鸟的神态中，更是有着先云自己那浅浅的幽默。这种浅浅的幽默，增强了画面的观赏性和可读性。再加上他题款用印的考究，使画面上花与鸟、与石、与款识印章气息相通，息息相关，这就使其作品平添许多趣味，得到大家的好评和喜爱。

我欣赏先云兄的以上特质。可是，现在而今眼目下（流行语是当下），作为衡量一个艺术家成就高低的艺术才气被降到很次要的位置，先云兄的厚重平实就相当吃亏。不过，与先云兄交往十多年来，我却很尊敬、亲近他的平实厚重。而且，与他的交相往来，不知为何我常常会想起“洗碗去吧”的佛门公案。所以，炒作操作、平常务实之间的利弊孰轻孰重，先云兄自己心里是清楚的……

2009年10月5日

张扬剑胆 蕴藉琴心

张剑绘画作品观感

我用“剑胆”、“琴心”形容张剑，一是切合他的名，再是不管画什么题材、采用何种绘画方式以及表现手法，他都是把内心观照放在第一位，注重心灵的真切感受。艺术形式和内容仅仅是他面对山川大野、社会人生时内心情感的一种载体和表述。

说张剑有“剑胆”，是因为他画画不拘类别、不拘形式、不拘题材，在中国画范畴，山水、人物、花鸟，工笔的、写意的，古代的、现代的，他都涉猎，洋洋洒洒，漫步其中。甚至现代的、前卫的，他也有所试验。可以说，张剑睁大了一双艺术的、好奇的眼睛，在绘画领域里毫无畏惧地试验着、痛苦着、快乐着，肆无忌惮地宣泄着他的情绪和感觉。这一点，是我想到“琴心”的原因所在……

张剑作品《二泉映月》局部

张剑自己也说，他画画注重感觉，强调内心世界的

个庐·陈明德篆刻

私密以及心灵、情绪的演绎。他多次对我说，他不大喜欢参加社会上流行的画家笔会，在众人面前，他老是没感觉，总觉得画不好，画不到位。他认为，艺术作品的灵魂是境界，虽然境界借助于景象，景象依存于景物，但是，没有画家自己内心情感的观照和思想情绪的寄托，境界二字就无从谈起。对此，我深以为然，因为他揭示了一个艺术理念。我常常感慨，相对现代，古人无太多声色之惑，特别是晚上，一盏孤灯飘摇，静思冥想，所以画中有心；现代人太多声色之惑，所以画就是画，有感官刺激就行。前辈老师们常说，中国画有三个层面不能少，一是造型能力，二是笔墨功夫，三是文学修养。这关系基础、立足和发展。其中特别重要的是，中国画靠养而不是靠做。傅抱石先生更是明确提出，中国画的基本精神，就是“文”、“人”、“画”。文是学养，人是修养，画是技巧，三者缺一不可。实际上，这都是在强调境界，强调画家自己内心世界的观照和思想在其作品中的反映。现在总听到一种甚嚣尘上的说法，要提高画画的制作难度。于是，作品要画得很复杂、很细腻（所谓丰富、功夫），画幅要大（所谓气势、张力），从而达到“制作难度系数”。我想，如果八大、齐白石等大师生于当代，必定会因其作品没有所谓的“制作难度”而无地自容，评奖就更是说不上了。我坚持认为，中国书画之道的灵魂，源于作者的气质和胸襟魄力。其他不说，仅仅从大师们题画的款识中就可以读出一些味道。如赵之谦《梅竹图》中的“打破圈圈，就是这个”，张大千的“识得梅花是国魂”，吴昌硕的“梅花寿者相”，以及《佛手》中的“十指参成香色味，一拳打破去来今”，无一不体现其学养和魄力。现在搞“制作难度”的所谓画家们，其作品中有这种境界吗！搞“制作难度”为的是什么，不外乎是要说明花的精力多，用的时间长，面向市场好销售。当然，我并不是要否定制作难度，有制作难度的作品也并不是就没有境界、没有思想，我只是想，“制作难度”的内涵中凝结的到底是时间和体力呢，还是学问和修养？

张剑在这一点上是清醒的，清醒得甚至让人感到惊奇。首先，他作为四川省诗书画院的职业画家，亲近市场，推销自己是他的生存本能和第一选择，然而，他却能在艺术领域里虚心请益和潜心钻研，以提高其艺术修养和学术水平。因此，他认真创作了很多优秀的绘画作品，其成绩可见于《当代扇面作品精选》、《全国中国画作品展获奖作品集》（2001年、2003年）、《张剑线描集》、《张剑的彩墨艺术》、《中国山水线描写生技法》，等等等等。他为了画《盲人音乐家》，去观察街头艺人的二胡表演，吃“冷淡杯”就吃了好几百元钱。为了画《四川茶铺》，他去了许多场镇，画了几十张线描稿。我看他画画，画得很慢，很投入，似乎要把他内心的感受放进每一个点画、每一个色块、每一种境界中去。相对有些所谓画家，画画像每天早晨洗脸刷牙般程序化、简单化、世俗化，我想，这就是张剑成功的原因所在。

张剑的清醒，还在于他的厚积薄发，在于他的兼收并蓄，在于他的触类旁通。更为重要的是，还在于他对中国画内涵和外延的坚持。他很传统，但不迂腐；他很现代，但不时髦。对于“西风”的张扬和鼓吹，他既不做“皇帝新衣”的表演者，更不去当“皇帝新衣”的观众。作为轩辕子孙，他深深知道中国画的博大精深，深深知道中国画相对于世界上的其他绘画艺术，是一种独立的艺术体系。邯郸学步的事是他所不为和不屑一顾的。有了这种艺术态度和治学精神，张剑绘画艺术的日臻成熟，那是指日可待的事。

剑胆常张，琴心常调，我祝福着……

初稿写于2003年11月18日

2010年10月29日再次删改

乾坤容我大·陈明德篆刻

张剑作品《二泉映月》（73×45cm）

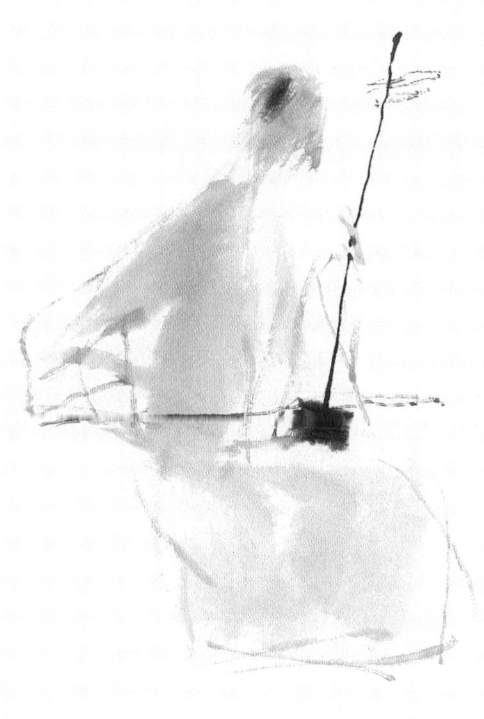

态浓意远淑且真

莘珊画作管窥

莘珊给人的印象，知性、内秀、时尚，还有一点点小资。这可能与她专业是西方油画，实际上又长期从事中国仕女画的创作以及素描、色彩的教学有关。我历来认为，绘画艺术既然是一种形而上的产物，它就应当属于气质性的、观念性的、思想性的范畴。它与画者的内在因素和气质息息相关。莘珊好读书，尤其敏于艺术的理解和感悟，通过其作品反映出或寥廓或幽深的意绪，许多作品更是有点超想象、超感性的味儿。比如她的画作《花曾拭面如含笑》、《心如秋水连天净》、《玉笛吹融两江雪》、《闲题蕉叶抒幽怀》等等，从中可见一斑。

莘珊作品《媚眼随羞合》局部

在中国绘画史中，人物画的历史最悠久，而以女性为题材的仕女画，不仅是传统人物画的重要组成部分，而且有着自身独特的发展脉络和审美价值。其形象塑造，由早期的端庄娴静、简约飘逸，到唐代的体态硕妍、雍容华贵，到宋代的秀丽俊俏、静谧雅致，再到元、明两代的蕴静纤弱、神清气古，直至清代的柔弱媛婉、弱不禁风。题材的表现极为广泛，从不同角度表现出女性美的风情万种。莘珊的画，以唐、宋、明、清为表里，辅以构成和色、光的现代表现手法，走线精细而富有弹性，设色均匀而明丽雅致。不仅表现出女性肌体的饱和细腻，而且体现出作者对女性从容、稳重、大方气质的偏好，以及她对浪漫、细腻的小资生活的精神向往和追求。她的大多画作，看似随意，漫不经心，甚至略带抽象意味，却如无

辜珊作品《媚眼随羞合》（136×34cm）

意插柳，出奇制胜，真真切切地透露出了那种古代仕女的充满温馨人情味的气息与感觉。作品中古典与现代、高雅与华美、富贵与朴实，仿佛都在重新融会、拼合、碰撞、包容起来，画中的女子浓艳丰腴，云髻峨峨，酥胸长裙，深合杜甫《丽人行》中“态浓意远淑且真，肌理细腻骨肉匀”的诗意！辜珊因为有长期的严格的书法训练和感悟，培养了难得的中国书画的线质意识、笔墨意识以及时空意识，因而在她的作品里能够比较好地继承和把握古人创造的适于表现光洁华美、轻罗薄纱透明感的“铁丝描”和“游丝描”的表现技法，她的用色以及画面构成，则因其油画艺术素养而更为大胆和自在。所以，其画作中不失古风古韵，相反更显得恣肆汪洋，不仅色墨交相辉映，取得了富丽明快的色彩快感，而且笔墨飞扬。点、线、面，光、影、色律动出了一种欢快活泼的节奏感。《倚石独坐》、《美人初睡起》等作品，远古的情调和闲情逸致，就这样被渲染得如真似幻，淋漓尽致。

态浓而意远，“淑”、“真”为其质。美的形式虽然千变万化，但是，如果没有富含文化属性的精神内涵，也只能是空有其表。所谓“书如其人”就是这个意思。一幅画作，如果没有拟人化的人格魅力，没有游弋出画面外的精神外延，就只能是一种“图式”，而不能上升为一种精神层面上的“文本”。这种认识应该是画者基本的文化精神与艺术境界。可喜的是，辜珊有这种意识和追求。所以，她能从当代审美意识和理念出发，有意无意，轻松介入，激情飞扬，梦萦水墨，给思维注入新的活力。这，就是辜珊现在的艺术状态。

乙丑孟秋于竹庐

自在于其中

“自在于其中”，在西方现代绘画中，是一种艺术理念。它要求画者不是平面地、直观地描摹对象，而是直接进入画面之中，反映出自己在三维、四维时空里的切身感受。其中，既有时间的过去、现在和将来，也有空间的分割、穿插乃至重叠。这类作品，充分地反映了以人为本和人的主观意识。既有天人合一，又有物我两忘，自在于其中。放大到我们的日常生活，它是一种思辨方式，也是一种生活状态。

“自在”一词，在中国文字里的本意是自由，无拘无束。佛教里的意思则是心离烦恼的系缚，通达无碍。刘琴给我的第一感觉就是她自在。她画画、读书、弹琴，栽花、种竹、养兰，在自己精心营造的生活状态和思辨空间里自得其乐。古人讲“游于艺”，我以为，她却是自在于其中。

嗅着修竹幽兰的清香，脱鞋进入“抱琴听涛”书画净室，满眼一个“雅”字。此时，她会盈盈而来，沏上一壶香浓的普洱或是铁观音。茶杯也很奇特，没一个是同样的，全是她在不同时间、不同地点随心所欲“淘”来的。再一看墙上的画，架上的书，桌上的古琴，画案上的香熏，以及周遭布置的软饰，都在默默诉说着女主人的自在

刘琴作品《古藤缠结倚晴光》局部

羊 · 郃凡篆刻

适意和安闲自得。捧着香茶，轻软迷离的背景音乐从唇边滑过，再烦的心绪，也会因此而沉静，因此而放飞心情。一个能发现和珍惜生活之美，并且懂得享受这种美的人，其“抱琴听涛”之居，难道不是室雅之堂么？

刘琴画画的经历很有意思。她初攻山水，次学书法，然后画写意花鸟。在这个过程中，山水画的谋篇布局和水墨晕章，支持了她对书法的笔法、墨法、水法、章法以及“带燥方润、将浓遂枯”等书学理论的理解；而对书法的执、使、转、用，以及“任笔为体，聚墨成形”等关乎“技”和“道”的把握，又帮助了她写意花鸟画的创作和发挥。这一点，其丙戌年画的团扇《兰香》、《紫云深罩读书堂》可谓明证。刘琴先画山水，而后书法，再画花鸟的经历，使她在创作时能够注意画面的空间感和笔墨关系，比较好地注意用墨用水，特别是墨法的浓而不腻，淡而不滑。同时，她还难能可贵地、较好地在其作品中体现了用笔“速度”和“势”的度。这与她刻苦研究和练习书法不无关系。也因为这些原因，我感觉到了她的“自在于其中”。

山水、书法、花鸟，墨法、笔法、水法，刘琴在其中徜徉，自在于其中。累了，弹会儿琴；渴了，弄弄茶道。“心似白云常自在，意如流水任东西。”以这种心性和如此生活状态入画，刘琴的书画艺术，一定会像她精心培育的新篁，节节顺利、步步登高……

丁亥秋于竹庐

刘琴作品《古藤缠结倚晴光》局部

刘琴作品《古藤缠结倚晴光》（136×68cm）

长空任鸟飞

十多年来，随着小康生活基调的日益凸显，画画的人也日渐增多。1994年我刚到画院时，看资料介绍全国有画家200万人。现在情形如何？恐怕已是天文数字。数量是上去了，质量呢？可以说是惨不忍睹。事实证明，在艺术这一范畴，量变不一定引起质变。因为艺术就其内容而言，它不属于物质领域，而是属于精神领域。所谓“长空任鸟飞”，艺术的“长空”是什么？是思想境界，是思维方式，是艺术观念。没有这些，画画就仅仅是一种游戏，其作品也仅仅是一些图式而已，真的就是“见与儿童邻”了。因此，在中国书画这个范畴里，在思想性、艺术性面前，画者无论男女老少、学习时间长短等等，都不是问题。问题的关键在于如何学习，如何取法。对此，戴洵是一个悟者。

戴洵的画，所见所感不是那些程式化的演练，而是一种质的递进。短短几年时间他来了个“三级跳”，即中国画关于形、笔、韵分寸的理解和适度把握。这，不能不令人刮目。起先，仅仅知道他在国外学过平面设计，后来师从陈承基先生学习中国花鸟画。再后来的日子里，看到他在先生的画室里冻砚频开，勤奋耕耘。逐步发现，这小伙子聪明，能够取法乎上，能够由此及彼、举一反三！我发

戴洵作品《向日笑口开》局部

戴洵作品《向日笑口开》（40×50cm）

现，他在先生的谆谆教诲和具体示范下，在学习先生绘画之“技”的同时，把目光更多地投向了先生重点强调的绘画之“道”。难能可贵！“有道无技，技尚可求；有技无道，则止于技。”对此，戴洵似乎有一种源自生命本能的感应和体悟，“一超便入如来地”。因是之故，他没有在先生现成的画风里亦步亦趋，依样画瓢，而是沿着先生走过的路，自由徜徉，从中品味那些真正能够让自己感动的艺术元素，吸收并陶冶那些原汁原味的中国画精神。古人说“窃睹堂奥，钦蹈明规”，所谓窃睹，就是面对深厚的艺术典范，能在内省、咀嚼的同时，与之进行心灵的对话。钦蹈明规，则是对于“道”的恭谨和执法的不二。我以为，这两点戴洵都做到了。正因为如此，他的中国画学习和创作，才能够登堂入室，精进如斯。

“长空任鸟飞”——我欣赏戴洵，并因此而时时关注他。相信戴洵能够面对时风诱惑，“八风吹不动，端坐紫金台”。涵养性情，培风不渝，负大翼而高远，渐次到达自己的理想境界……

2010年9月26日于竹庐

明珠可掬

观赏世莲的画册，见其中所画葡萄颇得白石老人笔趣。特别是"明珠可掬”四字款识，其内涵和外延皆引人深思、品味。

由“明珠可掬”，想到“掬水月在手，弄花香满衣”。这，是一种意趣。一个“掬”字，不在结果，在乎过程。世莲的画，没有功利性，没有烟火味，完全是心情的宣泄和演绎。看她的画，可以想见“其喜洋洋”，亦可发现她的些许无可奈何。然而，就是在这“悲欣交集”之中，体现了她的潇洒自如和艺术本真。

掬者，两手相捧也。这又是一种态度，一种恭谨。从世莲的画，可以看出她对中国画水墨艺术的一往情深和崇敬体悟。她喜欢中国画的书写性，因此对石涛，对八大，对任伯年、吴昌硕、齐白石诸先贤的作品心追手摹，力图得其意、忘其形。特别是在研究学习中国画经年以来，她对中国画这一东方艺术所特有的笔墨精神，对点、线、面及其水墨质量的认知和把握，都达到了一个较好的平台。所以，世莲作画时能够眼到手到，信笔直书，清新自然，不雕、不做、不生、不涩。人们常说，中国画的点画之妙在机趣。机趣者，行笔之中的迁想妙得之意也，由笔墨生发之时瞬间得之。这一切既取决于中国画的书写性，更取

黎世莲作品《雨萦烟态转深紫》局部

黎世莲作品《雨萦烟态转深紫》（68×136cm）

决于画者对中国书画艺术之“道”的恭谨和执法不二。对于中国写意画，白石老人说太似为媚俗，不似为欺世。所谓写意，无论是大写意还是小写意，核心不在大、小，而是在于“写”、“意”。何为“写”，“写”的实质是高度简练和概括的笔触、线条，以及色块。何为“意”，就是形而上的、似与不似之间的、画者观念上的那些审美趣向。一些谬托写意涂鸦之辈，不明白这些道理，在那里妄谈其“大”，而高度简练、概括的“写”，似与不似之间的、画者观念上那些审美趣向的“意”，却被甩到爪哇国去了。这种买椟还珠之举，岂止贻笑大方，实在是欺世欺人，亦欺心也。

世莲明白这些道理，因此她在对物象的把握基础上，不仅重视物情、物态，而且对用笔和用墨这两个方面都很重视。对于用笔，她注意到了以用笔的粗细、疾徐、顿挫、转折、方圆等要素来表现物体的质感和体积。对于用墨，她也很考究皴、擦、点、染的画面效果，以干、湿、浓、淡的合理调配，来“写”其心中的物象之“意”。我相信，世莲由于在其内心有着自己坚切执着的艺术理念，顺着这个路子走下去，一定会画出更多的好作品来。

明珠可掬。

我期待着……

2010.9.27于竹庐

读明凡画作管见

近年来，常听承基兄说他的学生明凡画画很有感觉。这次在北京中国美术馆参加画院“坚守与探索”画展期间，又频频接到承基兄电话，要我回蓉后就与他联系——结果是明凡要出画册，请我为她写点文字鼓呼鼓呼。

其实，对明凡的画我也是很注意的，这可能源于我对身边的艺术灵气有一种本能的敏感和关怀。刚好，前几天又看到《德堡艺品》上推荐明凡的新作，虽然只刊登了她的三幅画，却让我感受到了明凡对画画的敏感以及用心之深和用功之勤。这三幅画都很好，但是我特别喜欢其中只有一鸟一石的那幅画。一块嶙峋苍润的苔石上，一只八哥站在那里，身体前倾，两爪紧紧抓着巨石，双眼瞪着向下张望。画面左上角题款“明凡写意”并钤白文名印一枚。除此以外，画面全是留白，很干净、很单纯，唯一指向就是那只可爱的八哥。看什么？啥东东？观者心里多半要问。可是，画面左上角的题款又老是把看画的视觉往上引。似乎在说，“不看白不看么？看咯也白看！”这，是对八哥语？还是对观者言？细细一想，实在有趣得紧。

我常说，好的画作就应该像云一样，给人留下阅读、补充和完善的空间，让读者自己去想象，去发掘。让欣赏者能在“空”的一面去自由地发挥想象力，见仁见智，各

明凡作品局部

取所需。话说白了，就没有意思了。这，就是绘画之道，就是中国写意画的高蹈精神和趣向之所在。技，进乎道。有技无道，止于技。道之所存，触机便发。可能正是因为如此，承基兄夸奖明凡画画很有感觉。

再说明凡在这幅画里的“技”。这幅画纯粹写意，书写性很强。以高度概括的笔意写出八哥的形态，其中融合了古人、前贤和老师的笔意墨法，用笔肯定而毫无疑迟，直抒胸臆而无扭捏作态。特别是借鉴了八大画鸟眼的手法，充分表达了“看”的意味。石头的画法以中锋、侧锋的交替运行，提、按、顿、挫一气呵成。岩石敷色也不简单用赭而是略间青绿，与八哥羽毛的墨青相映衬，既强调了物情物态，又增加了画面色彩的丰富性和可读性。

说到这里，我想起人们常常争论于画作的艺术性和商品性的认定，莫衷一是。其实很简单，只要从什么是商品价值上来分析就明白了。何为价值？价值是凝结在商品中的无差别的人类体力劳动或抽象的脑力劳动。如果一幅画中主要是凝结的体力劳动，那么，不管它是画了几个月还是几年，不过是做活路而已，只能算是商品。而如果一幅画中主要凝结的是脑力劳动，那么，这幅画哪怕只用了几分钟时间完成，它毕竟是思想的载体，就是艺术品。其间的分界点，就是思想性。那种画画如每天早晚洗脸刷牙般重复简单劳动的作品，能有思想性么？能是艺术品么？这，就是有技无道，止于技，哪怕手艺再高，能刷刷牙罢了。

无语·阿桂篆刻

我们知道，语言是人们表达情意的声音，文字是记录语言的符号。图画则是人类共通的语言，是人类最重要的交际工具，跟思想有密切关系。离开了思想性的图画，就仅仅是图画，而不是其他。

打住，话说白了，就没意思了……

2010年11月21日于竹庐

明凡作品（68×45cm）

色不异空

读《潘锡仁篆刻心经集》

细细品味锡仁兄持赠的《心经》印蜕集后，想到他要我写几句，不知怎么的，头脑中反复出现的都是这么几个字。于是，干脆以此为题。

去年夏秋之交，锡仁兄发愿说要把《心经》全文刊石，一方面礼佛近禅，聊结善缘，另一方面也借此对其三十多年来治印心血予以总结，确定今后的追求探索之路。半年过后，他竟然把《潘锡仁篆刻心经集》印蜕本亲自送来，我只好既钦且佩。

刘德扬印　潘锡仁篆刻

《心经》是一篇我极为喜爱的佛家名文，其中充满了朴素的哲学思想和入世之道。有的人一谈到佛教就想到出世，一遇到烦恼就想远离红尘。其实，这是相当错误的。无论佛、道还是儒家，其宗旨并非单纯劝人出世，而是引导人们正确地入世。只有真正地入世，了解和深切体验、观照客观世界后，才谈得上出世、超脱与自在逍遥。没有入世是不能妄谈出世的。宗教、哲学如此，艺术亦然。

现在而今眼目下，有的人连什么是书、什么是画、什么是篆刻都还没有弄懂，就在那里大谈出新，奢求变异，弄得全国美展、书展有如龙卷风，其势吓人，贻笑大方。书法追求大、怪、黑，绘画追求细、满、象，篆刻则是比谁更没有古人影子。锡仁兄在此方面却不管是习书作画还是治印，都坚定地从传统出发，植根于古人法度而求自我性情的演绎。每当看他习书作画或治印时认真用情的样子，不知为什么，我总要联想到“磨刀霍霍向猪羊”的气概。一横一竖，一皴一擦，一点一挑，他都极为认真，仿佛砉然有声，在认真中深切体会和观照书画篆刻艺术的入世入道之法。说到这里，我又想到锡仁兄的好吃。他绝不是一般地好吃，而是好味、好菜品的考究、好用料的选择、好刀功、好火候，甚至好吃东西时的时令。这既有其家风遗传，更有其对事认真的因素。可以说，锡仁兄貌似粗犷，实则心细如发，认真得一钉一铆都似乎要计较。这种入世入道态度是我所佩服的。正因为锡仁兄认真严谨的治学态度，我才由《心经》教义想到了入世，由入世想到现在书画界沉渣泛起，“大师”云集的浮躁与可笑。没有力量的积聚，没有素质的提高，“一拳打破古来今”，简直是天方夜谭。耐得寂寞，才可能有“蓦然回首，那人却在灯火阑珊处”的境界。这是我读锡仁兄《心经》篆刻集的第一个感受。

第二个感受是美学方面的，也是哲学意义上的。“色不异空，空不异色，色即是空，空即是色”，这十六个字许多习书学画的人并未多加注意。色空关系是对立统一的、相辅相成的。“色”是对物质世界的统称，“空”则是非物质世界。一个是有，一个是无，一个是实，一个是虚，缺一不可。前几天看报，居然看到这样的报道，经科学家证明，大千世界确有一个“阴界”与之对应。看来，唯物主义对立统一观真是绝了。在这里，哲学方面的问题我不能说，也不会说，只想强调色空关系在书画篆刻艺术上的重要性。其实，对此古人早已说过“计白当黑”之类的话。这次我看锡仁兄的《心经》篆刻印蜕，特别感到他在印面的实与虚、色与空、红与白的关系处理上用心良苦，甚至在敲边击残时他也考虑到种种轻重虚实的对应关系。色不异空，所谓异者，是有分别、排斥、不相同也，不异就是没有分别。色与空没有分别，色就是空，空就是色，二者同等重要。色不异空，空不异色，还有色不排斥空，空不排斥色的意思。彼此相辅相成，互为补充。可是，现实中有的人却只注意色的一面，而严重忽视甚至避免空的一面。特别是画画，一定要画得满满的，细细

羊 · 潘锡仁篆刻 

的，生怕别人看不懂，看不够，这完全把欣赏艺术当成了小儿科。相对于过去的绘画风气，这可以说是一种文化的堕落。齐白石先生的《蛙声十里出山泉》以及名画《深山藏古寺》等，如果让现在的“大师”们去画，不知会画成什么东西！一幅好字、好画、好的印章，不仅要人看，更要人去想，要给欣赏者留下自己去丰富、去补充、去完善的余地，让欣赏者在“空”的一面自由发挥想象力，见仁见智，各显神通。让欣赏者从中得到再创作的乐趣。色与空具体到书画篆刻之道，就是书与不书，画与不画，刻与不刻的关系，以及由此引申的各种对立统一关系。锡仁兄的这本篆刻集，从刀法上看，是冲切兼用，但以切刀为主。从章法上看，则是讲求平面构成，效果上是白文胜于朱文。白文印面在“色”、“空”关系上处理较好，印面张力大，在感觉上给人留有更多品味的余地，如“行深般若波罗蜜多时”、“色不异空”、“无无明”、“依般若波罗蜜多故”、“三世诸佛”等。朱文印相比之下我更喜欢“心无挂碍”、“依般若波罗蜜多故”、“无智亦无得”等印。我窃以为，一方好的印章，不管它是何种字体入印，何种手法篆刻，只要红、白、虚、实等关系处理好了，就会给人以明快艳丽的感觉，引发欣赏者的兴趣。这是我读锡仁兄《心经》篆刻集的第二个也是更重要、更强烈的感受。

以我对篆刻的修养而论锡仁兄的大作，实在是班门弄斧、汗颜之至。但我“心无挂碍，无挂碍故，无有恐怖”，于是敢有以上言论。是非由人去说，篆刻者自己的艺术创作和性情演绎才是最最重要的。

2000年5月5日

古月照今尘

丹青呐喊华夏魂

读闲书时看到这样的说法，生命是一个故事，抑或只是一个事故。也许从过程来看，生命勉强算是一个故事；但从生命的整体和结局来看，它无疑更像是一个事故。

魏葵的画作，既是一个一个的“事故”，更是他艺术理念、艺术追求以及对华夏文化的呼唤、呐喊和坚持的全部生命过程。

魏葵的画展命名为“古月照今尘”，一语中的。

有史以来，物我之间“月亮还是那个月亮”；然而，人们却因自身所处时间和空间的不同，常常兴叹其阴晴圆缺，演绎形形色色的悲欢离合。事实上，举头望明月，月挂苍穹恒常不变；变化的，仅仅是我们自身的情绪而已。人类发展史上，四大文明古国仅存泱泱中华屹立不倒，其理何在？在于我们深厚的文化积淀和包容、在于我们的锐意进取和忠恕、在于我们的燮理阴阳和中庸。这，既是我们的持身修德之道，更是我们的华夏文明之魂。从魏葵的文字“雨谒青云谱”，从他用的印文“神州大风”、“神州子弟”、“纸上苍生”、“江湖儿女”、“英雄肝胆”，从他的画作《看剑》、《梦清溪》、《独立小桥风满袖》、《隆中对》、《甲申三百六十年祭》以及《走出汶川系列》、《股市系列——跌破2000点》、《红灯

魏葵作品《独立小桥风满袖》局部

记》、《铁道游击队》，等等等等，无一不透出他对五千年华夏文化的深切关怀和呼唤。

魏葵心中的“古月”，就是他魂牵梦绕、萦萦于怀的华夏之魂！

古月照今尘，长歌当哭。

与魏葵交往相契十多年来，彼此所思所叹所想直达心扉，长相涕泣，莫不为华夏文化的流失和损毁痛心疾首。面对黄钟毁弃、瓦釜雷鸣的当下文化领域里的众生相，魏葵把他的批评和呼唤凝结在了画作之中。通过丹青笔法，渲染和诉说他对历史人物、历史故事以及文人雅韵的思辨。由此，已然听到他心中灵台深处那恨其不争的呐喊——“古月”不变，“今尘”何乃尔？

古月照今尘，长歌当哭。

中国画如果离开了华夏之魂，魄何所依？傅抱石先生说，中国画的基本精神，就是“文”、“人”、“画”。文是学养，人是修养，画是技巧，三者缺一不可。言为心声，文如其人。优秀的艺术作品其核心在于思想性、文化性。没有思想性和文化性，其作品艺术魅力就无从谈起。所以，“画令人惊

魏葵作品《独立小桥风满袖》（32×130cm）

不如令人喜，令人喜不如令人思”。看画重在观、重在赏、重在品味。一幅画如果不能让人有这种层次性的欣赏，不能在观者心中激起阵阵涟漪，那就只能是看看而已。“古月”之下，如果我们多些静气，少些浮躁，多些内涵，少些做作，坚持华夏文化魂魄一以贯之，作品之中自然有“心”无“尘”。如果太多声色之惑，画就是画，有感官刺激就行，能不尘埃弥漫么？

魏葵的画作，常常令我在惊叹其艺术张力的同时，更深深沉浸在他的文化坚持、震撼于他对华夏之魂的呼唤之中。

因是之故，这样的观赏和品味让我看好魏葵。

回顾历代凡有成就的艺术家，必定对人类世界都有着深切的关注。这种关注不一定是政治式的，但必须是生活的和深层次的。只要有了这种深层次的对人类世界的关注，怀古见今，那么，不管是山水、花鸟、人物画还是其他，都可以产生艺术大师。如果入世太浅，背时太远，甚至弃民族之魂、华夏之魄而不顾，没有担当，则愧于艺术耳！

古月照今尘。因此我看好魏葵……

辛卯处暑于竹庐

觀照
中国书画高蹈精神

友声篇

问渠哪得清如许

康征

德扬的画，画面很典雅、很精致，真是难得的干净。这种格调得益于他的书法。在他的绘画中处处可见笔法、用笔之妙。书中有画，画中有书可以说是他绘画和书法的一个特点。他的书法疏朗圆润，婉转恣肆，颇有画意。他的画点线刚劲，飘逸悠扬，色彩和墨浑然一体，而结构有序，层次分明，皆系用笔。在诸画科中，花鸟画是最难遮丑的，从点线面到色墨形，一动笔便见高低。花鸟画入门容易，进步却难。在群峰林立的前辈大家面前，一个花鸟画家能走多远？书法，是画家们渡江的“一苇”。德扬凭这“一苇”，把自己的理想插上翅膀放飞在茫茫的大海上。

与康征在成都送仙桥艺术市场

在成都这片安逸的土地上，因为人文和生态的艺术化，生活着很多的艺术家。有的艺术家很像艺术家，这当然很潇洒，很吸引人，但是艺术家或者艺术如果靠某种装扮去实现辉煌，并非艺术的本意。在这一点上说，刘德扬是一个最不像艺术家的人，但他确实是艺术家。他的画面第一眼看上去很精致、很典雅，再看，就平淡些了，第三次审视似乎就没有什么特别的感觉了。这三个层次很像王国维关于诗歌艺术的三个境界。得他的厚爱，我的身边放着他的几本画册。说实在的，现在的杂志和画册太多了，而且推出的大家和名家又那么多，我早已审美疲劳了，懒得去看。但是，对于他这几本画册我是情有独钟，时常翻阅。我想在他的画册里

流浪痕 · 唐耕云篆刻

寻找些什么，可是究竟寻找什么自己也说不清楚，越是说不清楚就越想翻阅。德扬是一个勇敢的人，所谓勇敢的人就是敢于舍得，如果不是出于对绘画艺术的真正热爱，他就不会舍从政之实惠，而得艺术家之名了。而敢于舍得的人又大多胸怀坦荡，心无挂碍。因此，我们时常可以听到他爽朗的笑声。他热爱生活，广交朋友，善待生命，讴歌时代……是一个在城市的喧嚣中生活着的一个“散淡的人”。当我想到这里的时候，我顿时明白了，我在心灵深处喜欢他绘画中的那份气息，宁静、冲淡、平和又凝结为似有似无的虚幻境界，在这样的境界他绘画的魂在飘荡，时远时近，但是你却捕捉不到它。中国绘画和西方绘画最大的区别和差异在于中国绘画是属于哲学的，中国绘画甚至是和人类的生命科学紧密联系在一起的。当你面对一幅绘画作品时，你能听到它的声音，嗅到它的气味，同时你也会感受到作者的精神跃动。德扬是一个非常固执的人，多年的绘画艺术探索旨在完成一件事情，那就是试图解开绘画艺术的密码，让人们通过绘画艺术能够领悟到艺术家精神境界里的善良和微笑，给这个世界带来一抹灿烂的憧憬。

艺术是好玩的，但是实现这个“好玩”又是最不好玩的。

在他的绘画中，很多都是关于荷花题材的。荷花成为了他绘画艺术的一个显著的符号。花鸟绘画范畴里的任何题材经历过千万次的审视和描绘，都难以脱俗，荷花也是如此。他之所以选择荷花，是因为他对荷花有独特的理解。他笔下的荷花是抽象和梦幻的，不是属于现实的。他的荷叶只是一片水墨，他的荷杆是一条富有哲理的线，他的荷花很像一个高古贤人的形象，很有风神。这一切都是抽象的。他的荷花是属于题材的，也是属于精神和灵魂的。他的荷花承载的是情绪的历程。德扬是一个有风骨的人，他的个性很内敛，不张扬，但是他骨子里的高贵是凛然不可侵犯的。荷花的可贵之处就在于它长期生长在污泥浊水里，被阴暗

天与清香（22×145cm）

潮湿的东西包围着，这对于一般的花卉来说，是不可想象的。荷花为什么能够如此？因为荷花有着自我的品格操守。读他的荷花绘画，你就会感觉到你是在和一位君子交流，在点线面的节律中，你看到的是天籁般的自然气息，你听到的是高山流水般的宇宙灵音。这种感觉通过语言的方式是很难描述清楚的，我们只能敞开我们的心扉去接受他画面上的每一个符号。他并不是一个很得意的人，在他的绘画中我同样读到了他内心深处的孤独和彷徨。对于一个艺术的探索者来说，这也许是必须经历的，但对于他来说这仿佛是一个难以逾越的情结，形诸于绘画就是他缥缈的笔墨个性。他的荷花绘画很少用浓重的笔墨和强烈的色彩来渲染，他的画面上总是闪烁着淡雅的色彩，就像灵魂一样幻化出许多块面，他的笔墨同样是浅淡的，透着水的明媚。

看他的荷花绘画，如《月淡华低幽梦觉》、《池面风来波涟涟》、《藕花塘上雨霏霏》、《向云何处最花多》、《似画真妃出浴时》等作品，描绘的是荷花的千姿百态，但同时又是他的心路历程，情绪变幻。我又想起了一个古老的话题：写生。德扬的荷花有老庄风骨、道家气象。但是我还是要说他是一个热爱生活、注重写生的画家。他的写生是不同于我们时下的“写生”的。这就要从他绘画的文化审美上来说。中国传统绘画从魏晋南北朝到唐宋，经历了一个自我放怀到自我完善的历程。尤其是北宋时期，中国绘画的审美精神从表现升华为对自我生命的讴歌，把绘画和自我对自然和生命的体悟融合在了一起。

那就说说“写生赵昌”吧。北宋（公元11世纪）赵昌，字昌之，广汉（四川）人，性情豪爽高傲，刚正不阿，时人多爱其画，但从不轻易给人。他工于书法，擅画折枝花果和草虫，师从滕昌佑，亦效法徐崇嗣“没骨

法”。据记载他常于清晨朝露未干之时，围绕花圃观察花木神态，然后调色描绘，自号“写生赵昌”。关于“写生”，有两幅传世作品最为著名，一是《写生蛱蝶图》（现藏故宫博物院），二是《写生杏花图》（现藏台北“故宫博物院”）。后人评说其画“花则含烟带雨，笑脸迎风；景则赋形夺真，莫辨真伪；设色如新，年远不退”。如此看来，今天的写生和赵昌时代的写生就大相径庭了。现代的写生好像是在田野里捡了一堆干柴，回到家里却点不着火，虽说是写了“生”，结果却画不出“生”来。

在德扬的绘画里，我们不难看出画面浮游着一种熏陶与沉淀的气息，生活和艺术在他这里已经有了一层厚厚的包浆，消失了火气与戾气，冲淡娴雅的气息涌动在纸面上。这来自于他苍凉与安逸的人生阅历，在冷眼看世界的历程中他的绘画脱尽了俗骨与媚骨，方才到了今天这个“出浴”的境界。他的绘画和他的人生感悟是紧密相连的。从他的绘画中，我们大体可以看出写生有几个方面的含义，一是观察，二是体会，三是写生。写生是对观察体会的总结，也是对瞬间形象的捕捉，并且当场完成，突出了活生生的意趣。现在的画家的写生手段是流水账似的，没有心灵与自然的交流过程，写出来的东西都是感念和程式化的标本。中国绘画是哲学，是天人合一的道统哲学，画家历来注重修身修心，自牧心斋，无非就是向自然的境界靠拢，寻求与自然心灵对话的机缘。写生就是向自然靠拢的一种方式，不是绘画的程序。

笔墨俗，一切皆俗；笔墨不俗，一切皆雅。物象无罪，笔墨有理。是谓德扬乎？有时候和他在一起，我们更多谈的不是艺术，不是绘画，不是笔墨，而是一些琐琐碎碎的生活故事。在这些故事中我感悟着德扬，感悟着他对生活的思考，感悟着他对大自然的赤子之情。其实，在一个真正的艺术家眼里，绘画不过是自我心灵深处的一丝惬意罢了，好耍。至于艺术的使命和崇高，才是那些对艺术莫名其妙的人的谈资。是不是？德扬。

康征撰文于山东康刘庄村　　2011年1月9日

行云流水

叶瑞琨

几年前我刚学会驾车，便听德扬谈驾车要能行云流水。当初听起来觉得用词是否太雅了，还有点玄乎。但这几年过来，还真体会到这四个字的味道。驾车也确是一门艺术。但对德扬而言，驾车不过是代步而已，能玩出这四个字来，也真可谓是一种境界了。推及其他，便知其性情了。

德扬主学经济，大学毕业便进了“府衙”，入了仕途，几年后又下派做了“七品鸡首”（也就是下基层锻炼，积累迁升的条件和治政的经验）。正当锻炼结束，应顺风满帆驰骋仕途之时，流淌在他血液中祖辈遗传下来的对文艺的悟或“误”，使他从那条光明大道上转头了，一脚踏进了书画这个看似平静的喧闹之塘。

2010年秋和叶瑞琨在成都画院

德扬原本就是一个文人，在十多年的风云历程中，仍然保存着一个文人的纯真，这份纯真我们可以从他笔下的竹、兰、梅花中读到，同时读到的还有他完全的承继着中国文化的传统精神（在是时，这是需要勇气的，在外来文化和经济浪潮的冲击下，有的人以否定本民族的文化为时髦）。当这民族文化精神的律动与他心灵的律动产生共振时，他的笔端流露出来的竹、兰、梅花这些千百年来象征文人品格的艺术的有形实体，在他逸笔草草的挥洒中呈现

独看积素 已觉轻寒（叶瑞琨配题识 33×33cm）

出了鲜活的生命力。正如古人在论诗时说了这样一句话，“洗尽尘渣，独存孤迥”。德扬的画是简约的。简约不是简单，在这“独存孤迥”的逸笔草草背后，是一个“洗尽尘渣”的漫长过程，这个过程中的课题是训练表达内心情感的功夫和培植高尚的品德同与生俱来的气质相契合。没有这些，笔是草不起来的，逸不起来的。这简约的笔姿墨韵便涵盖了他这几十年的经历，这经历我们最能在他画的荷花中读出。德扬的荷，是在观念上的分歧而又无法调和的时刻，为平息内心波澜的产物。“和为贵”这三个题字泄露了其中的内涵。而这个偶然的契机，唤起了他内心本朴的情感，对荷花做了最本质的研究和理解。所以，我们能看到他笔下的荷花，有的如翩翩少年，玉树临风，有的如孤傲的老者，背景沉思，而其中有一个共同的地方，便是内心的高洁。这一主观的情丝恰恰与一千多年前的哲人周敦颐的心情暗合，而与他的初衷就相去甚远了。

竹庐·叶瑞琨篆刻

这时的德扬在完全表述自己的内心激情时是这样的冲和、平静和深沉，以致我们在这一株野草、半朵闲花的美感表层下面读到其对大宇宙的窥视中对生命的某种暗示。在这简约的笔墨中静悟到一片空明，在这一片空明中看到那飘浮在其中的不灭精神。这精神难以言传，难以意会。

似行云

似流水

……

2000年10月于四圣祠街

心情（200×30cm）

天行健 君子以自强不息

薛磊

结识刘德扬老师是通过他的大学同学。2006年的一天，他来找他的大学同学叙旧，临走时他同学对他说：小薛也是画画的，以后你多多关照一下……这一关照就真的关照到今天。作为晚辈尊重师长是自然的事，在不断的交往中，这份关照也不断地升华为“兄弟”之情。我也自然成为“个庐”的品茗常客。个庐品茗有太多的故事和感动，这次他出书受其所托撰文一篇，为了那份感动，我想自己也应该给德扬老师“画”一张肖像。

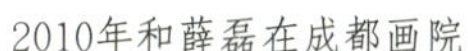

2010年和薛磊在成都画院

《易传•系辞上》：“乾道成男，坤道成女。”《易经》的乾卦代表男子，坤卦代表女子。因此，乾卦的卦义，就可以作为一个真正男人的标准、境界和情怀。责任感就是对人对己，对民族、国家、社会和家庭以及对未来发展所具有的积极态度，有积极进取的态度、习惯和一种“天行健，君子以自强不息”的顽强斗志。

他是一个有诗性的中国男人

正像动物和植物都致力于把自己的基因传承下去一样，人类也必须这样做。人类与动植物的不同之处在于，人不仅要传承生理上的基因，还必须传承自己的文化基因。作为一个社会集体来说，这个传承尤为重要。刘德扬乃四川著名文人刘师亮之孙，他身体中流淌着祖辈诗情画意般的文人情怀，他对传统文化有着挥之不去的情节和文化基因。

佛·阿桂篆刻

他是一个很文气、很睿智、很童真和有艺术品位的男人

他的笑容和眼神如同孩子一般的灿烂而无邪。他的作品，有一种文人的纯真和感动，又充满着蓬勃的生机，清晰、自然、雅韵，画面上流露出的那一种诗意，情调含蓄，旋律稳健，内容丰富，能够真切地感受到涌动于他内心深处的倔强而旺盛的生命之气，高雅文气，以及他在追求艺术人生上的那种自强不息和永不放弃的人格品位。

他是一个有力、仗义和强悍的男人

一个国家的强大，在政治、经济、文化上的集中体现就是军队。一个人在社会中作为一个单体是脆弱和孤独的。相对于个体脆弱的另一面就是有团队组织的强大。他拥有广博的知识和学问，所以他有力量。因为他的仗义，以及他爱屋及乌的情怀，他又有众多朋友，所以他又是强悍的。

他是一个精彩的男人

平淡的人生简单而无味，精彩的人生则荡气回肠、心潮澎湃。他是“文革”后的第一批经济学科类大学生，为过官，现在又是著名画家。他们这一代人在今天仍是我们民族之脊梁，其梦想就是造福一方！他见识甚广，经历丰富精彩，其中国画作品正是对中国优秀传统文化核心价值和审美标准的最好诠释：中国画是人生的艺术，也是艺术的人生。

他是一个有责任感的男人

有责任感的男人，自然就会有一种强大的驱动力、顽强的意志力和强烈的进取心，秉持一种“天行健，君子以自强不息”的精神，“进德修业，知至至之，知终终之”。“乾因其时而惕，虽危无咎矣”，能做到此的人，我坚信他未来的日子一定是红红火火的，定会拥有浩瀚灿烂的星空。

2011年1月20日于怀古堂

一念一清净 心是莲花开

读德扬的荷语

魏学峰

荷以其红裳翠盖的风姿，从世俗中挹取圣洁的清芳成为素心者的知音，历代文人的心灵家园。曹植在《芙蓉赋》中叹道：“揽百卉之英茂，无斯华之独灵。”在画家笔下更是春风带露，池水尽香。

德扬爱莲。他画中的朝荷翠光交映、雨荷扑朔迷离、雾荷轻柔朦胧、枯荷劲健秀挺……

后来，德扬终于打破了一切程式，色墨交叠，一片氤氲混沌。雅洁、清逸、玉润而又是如此模糊。他模糊的不仅是观者的视界，而是古今时空。

品德扬的荷，我终于明白了人们为什么更愿意去听荷的和风无语、淡烟疏云、无上清凉。画家从荷的身上悟出了不法而皆法的哲思禅意，从萧萧疏风中静听到生命的妙音。个体的小我和宇宙的大我融为一体，混沌里决出光明，在点滴墨痕中诠释了荷的全部内涵。

刘君采莲邀荷共，别有笔下一种幽。

……

2011.5

夏过了是秋（18×46cm）

荷叶妆成碧罗裙（136×68cm）

德扬画荷

陈湉冬

德扬老弟忽然画起荷花来。中国人种了几千年的荷花，直到佛教传入中国，荷花这才沾了释迦牟尼的光，开始被作为艺术表现的对象。又经过魏晋隋唐的漫长年代，到了以理学名家的宋儒周敦颐出来倡导爱荷花的雅趣，文人们便纷纷学样，文人画家们也才跟着画荷花了。不过，中国的文人画大多重视题材的象征意义，逸笔草草，不求形似，拾得前人余绪，依样糊涂乱抹几笔，名之为似与不似之间，乃至有人终身未见荷花而能以画荷名家，实在是中国画坛的奇事。

德扬老弟天资颖悟，早岁以诗文书法饮誉时辈，近来忽然笔锋一转，以篆隶草行之法写荷，一超便入如来地，能得“清”“奇”二字，实为难能可贵。中国文人画之精义，首重象征。所谓象征者，托物寄意也。也为有此一端，以致毕

雨后（34×34cm）

是斋·刘德扬篆刻

陈滞冬便笺

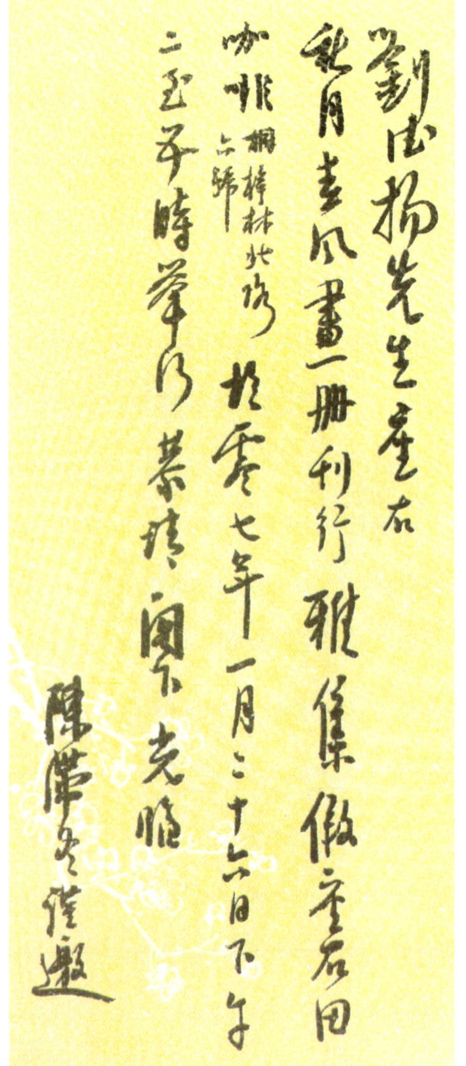

劉德揚先生座右
秋月春風畫一冊刊行雅集假座右岸
咖啡桐梓林北路六號於零七年一月二十六日下午
二至五時舉行恭請閣下光臨
陳滯冬謹邀

加索以为中国文人画与西方现代艺术暗合，因彼欧美之现代艺术，精义亦在以托物寄意之象征为其根本。德扬画荷意何所指，不便妄猜，但其浑浑融融之墨色，苍苍嫩嫩之笔触，或布彩施朱，或勾线白描，无所倚重，不主故常，盖可窥其当有得于中必于画荷焉发之，则是绝无疑义的。

文人之画荷，以清末民初为最盛，赵之谦、任伯年、吴昌硕、齐白石、张大千、陈子庄为其大者，其余凡涉事弄笔者，几乎无人不谙此道，则可知今日之画家，要想在画上出人一头地，实在难上加难。德扬老弟知难而进，逡巡于诸家之侧，乘间而入，以泼墨减笔蔚成烟波浩渺之意境，盖以简驭繁，以少胜多之法，又所谓任你弱水三千，我只一瓢饮，不为诸家法多所惑，此又深于思者之道。我庆幸德扬之深于思也，否则溺于故实，于己何所安？故知其必然出人一头地。然有人以三思而行问孔子，孔子云：再思可耶。想三次不如想两次，孔子是否怕人太动机心？德扬之深思，幸矣其不幸矣？

2001年春

问道恍惚抒性情

谢小勇

德扬先生论画，喜引《老子》“惚兮恍兮，其中有象；恍兮惚兮，其中有物”。他认为这是中国书画之根本所在。

《老子》余素所喜，每闻此论，会心一笑。当然，以《老子》论书画者代不乏人，近人黄宾虹尤多阐发。不过，今人之中复闻此语，不独令人眼前一亮，同时也引人思索。

中国书画经历了上千年的发展，有着极其丰厚的积淀。然而，近百年以来，在环境的变化和外来思潮的冲击下，其审美体系不时受到质疑或否定；而书画家的培养模式也发生了很大的改变。尤其是中国绘画，在上世纪50年代参照苏联教学体系做院系调整以后，几乎被简单地归为造型艺术，离其根本则愈加遥远。

《老子》是中华文化在世界历史的轴心时期产生的一部经典之作，是民族思维方式的总结，也是后世诸多科目方法论的源头。其中，论及形象尚有多处，如“无状之状，无物之象，是谓惚恍”。

形与象互训，形于外者曰象。《周易•系辞上》：“在天成象，在地成形。”细推之，“象”不如“形”那么确定，但更为阔大，如气象、星象；此外，还有一

2007年夏与小勇兄在子云亭

老气横秋（102×21cm）

“相”，也指形貌，在佛教传入中土以后，佛教方面使用频繁。形，指铸造器物的模子。以木为之曰模，以竹曰范，以土曰型。

可见，把中国绘画简单等同于造型，适得其末。

德扬先生自幼习书，从书法入手，继而绘画。书画同源，异形而同品，这是中国绘画大异于西方绘画之所在。唐人论草书：囊括万殊，裁成一相。其实，不仅仅是草书，书法皆是如此。《苦瓜和尚画语录》开卷便论：“一画者，众有之本，万象之根。”黄宾虹《画谈•用笔之法有五》：“由一笔起，积千万笔，仍是一笔。”这“一画”、“一笔”皆是“一相”。然而，这一笔一画大有讲究，黄山谷云：“学书须胸中有道义，又广以圣哲之学，书乃可贵”。注重内美，形神皆备，书不离学，画不离书，正是中国绘画的精髓。由是观之，德扬先生入手便是正途，而且从他的绘画实践看，也是有意朝着这样的方向拓展。故其作品，亦可见书法之节奏。如近作小鸭一帧，用笔轻灵，顾盼生动，得刘既明先生神韵，甚为可观。国画曰“写”，而不以描、抹、涂为然，非深解书法，岂能写之？闪烁不定，似有若无，似与不似之间，是谓恍惚。

当今之时，中国经济高速增长，艺术市场逐渐兴起。由于传统中国书画的根基屡受摧残，使传统文人型画家日渐稀少，这同时也影响到了书画欣赏群体的水准。在缺失了传统艺术修养和内心宁静的情况下，丑、怪、浮、泛之作甚嚣尘上。各种活动倒是热闹非凡，但随意涂抹，相习成风，稍得貌似即自鸣得意，而观者多亦随口夸赞。悦目之作愈盛，而悦心之作愈罕。

人是群居生物，因而当面的夸赞并不一定证明艺术水准的高下，却常常是人情世故的表现。绘事之难，在于得口称易而获首肯难，惊四筵易而适独坐难。独坐观画，无须顾忌他人颜面，非有内涵、富趣味之作焉能驻目？

德扬先生祖上为蜀中前贤刘师亮。余少时，先伯父屡屡言及德扬先生祖上之逸闻趣事。既与德扬先生相识，感其言谈风趣，举止文雅。与友朋相聚，则多闻其高见，每每令人思其渊源。德扬先生题画，多用诗词，清雅有味；而小字题识尤堪细品，时而冷眼观世，时而慧心得趣，见诙谐、蕴妙思。此种手段，乃其家风。

花鸟之作，多局部，人或以为局促。但德扬先生胸次宽广，故能小中见大，如东坡所谓："谁言一点红，解寄无边春"。中国绘画，重天趣、自然与内美，袁枚《续诗品•神悟》："鸟啼花落，皆与神通。人不能悟，付之飘风"。德扬先生曾入仕途，其丰富的人生阅历也能涵养书画。故其作品，在形神之外，复含余味，耐读耐品，一枝一叶也关情。

德扬先生用墨，偏润。前人有言："润含春雨，干裂秋风"，德扬先生无疑倾向前者。是蜀地卑湿之故？而余以为稍过，不知德扬先生以为然否？

纵观整个20世纪，从五四新文化运动以来，除开社会变革等因素，中国传统绘画所经受的质疑多少与国力不强有关。进入新世纪以来，中国经济在积累多年的能量后急速上升，与此同时，民族文化的认同感悄然兴起。以北京奥运会标识设计和开闭幕式各个环节为代表，不同领域的中国元素开始频频出现。人们意识到传统的可贵，也以身为龙的传人而自豪。

2008年的几个现象也饶有趣味，在世界性的经济危机面前，中国经济卓然挺立。与之相应的是，在艺术品交易市场上，中国传统书画并没有受到太大的冲击；而无根无据的所谓当代艺术（油画）几乎是轰然倒地。用四川话来表达，似乎应该这样：中国传统艺术，一如它的装裱和收藏方式，是卷起的；而当代艺术（油画）有框、有画布，是绷起的。

这以后，必将是中国传统艺术骄傲地打开卷轴、展现于世界的时代。《老子》云："万物并作，吾以观复。"德扬先生自觉的追求与返本以求时代趋势在这里契合。

作为一个传统文人型画家，德扬先生无疑十分幸运。而他正当盛年，不妨随着大时代的洪流观其精进、期以老境。

2009年元旦于芷泉居

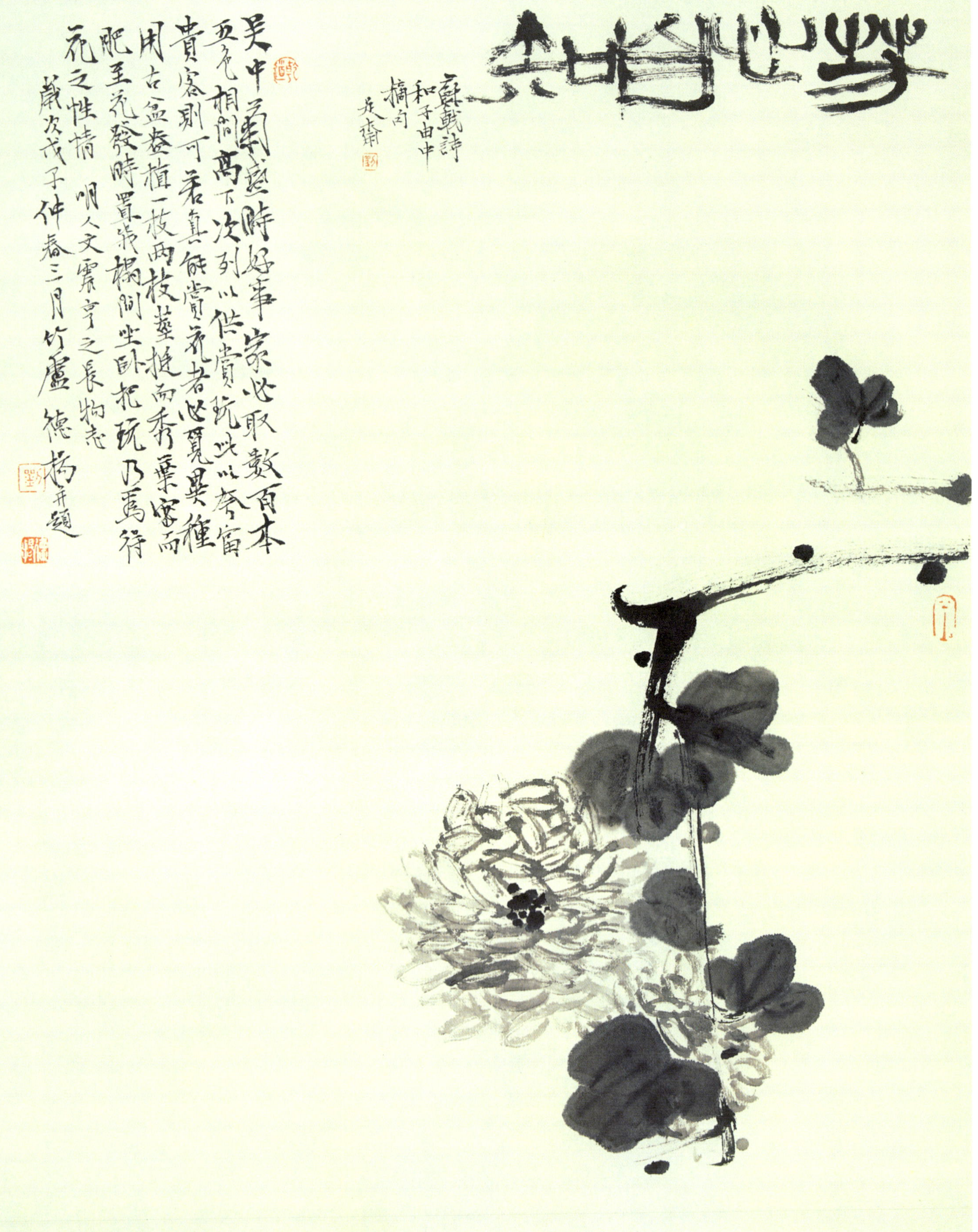

芳心自知（45×34cm）

浅尝狂饮两相宜

漫吃文艺家刘德扬

毕庶强

我喜欢天才，我喜欢刘德扬。单是这句话盘旋在我脑海里来回荡漾也不知有多少遍了……

有些人，当遇到困境时，会想方设法，克服各种险阻，寻求圆满的解决方式。但有些人，碰到难题时，却会找出各种无厘头的理由，选择逃避不面对。而“对付”刘德扬，我就是选择——闪躲。只是，为了一个随意又莫名其妙的小小约定，甚至于连当事者都可能早已忘了的口头承诺，却飞到了成都，都心虚到不敢拿起话筒问候一声，搪塞的理由，最后连好友篆刻家阿桂和国画家张剑都直摇头。自己也觉得有够吊诡，不就是看看他的画，胡诌些心里的感受罢了。没想到，又折腾了半年。

距上次与德扬兄见面，总有一年半多了吧！还记得那年，一个寒冬的午后，在现代都市丛林中，一个令人惊艳的洞天里，大伙因为天冷，全窝在火炉边闲聊。冬阳洒落在窗棂上，窗外竹影摇曳生姿，涓涓流水回荡耳际。游鱼、鸟啼、虫鸣、鸡叫？没听错！那是德扬兄养的小公鸡！觉得不协调吗？钢筋水泥搭上亭台楼阁、生硬粗俗配上细致典雅，你觉得调性相差太悬殊吗？但是，就是有人有本事，将它们左搓右揉整塑得很像样！刘德扬的画室——竹庐，在他巧妙运用借、避、显、隐、虚、实、

2008年与毕庶强在竹庐

息心静气 乃得浑厚（100×28cm）

阴、阳的秘技中，无端地从水泥巨怪中腾空而出……

随着张剑，第一次到他位于成都画院附近的家中作客。穿过斑驳的公寓廊道，踏进狭窄摇晃的电梯，走进略显凌乱的客厅，以为印象已经可以定调时，却蹦出个柳暗花明又一村——不是穷乡僻壤，却是个世外桃源——筑在半空中的优雅楼阁。在庐舍前蔓藤下，悠闲自在地品尝着德扬大厨的拿手佳肴与亲酿美酒，欢愉之情，溢于言表。原本，还有些独缺美人在侧的遗憾，但现今回想起来，却不免暗自庆幸（他的魅力等同对我们的杀伤力）。德扬兄才华洋溢、气质出众、文采风流、艺诣深厚，还有才思敏捷、厨艺精湛、潇洒自在、学能俱佳……甚至，听叶瑞琨副院长说："他连车子都能开得如行云流水、游若丝绢……"或许，大家终于多少能体会，即便是想"胡诌几句"，但面对这样的人与艺，还是缓一缓吧！

那年，刚返回台北，便收到张剑弟寄来的画册，其中就有德扬兄"跨领域"出版的散文集《俯啄仰饮》，写的大多是艺文心事、砚边随想，但有些却隽永清丽得如一首轻歌、一页诗篇……也许只是一声叹息！不知道为什么，感觉也就够了。如果这样，我又如何能面对这样的人与艺呢？还是再缓一缓吧！何况，这回他以文锋笔刃相胁，多少带了点霸气，能闪就闪吧！这一闪又是半年。

其实，呆滞了好一阵子，不读书，也不看画，只是毫无头绪地应付着生活中无法避免的琐碎。如果没有又接到剑弟寄来的画册与信息，这样的日子可能还会一直持续下去。令人讶异的是，这次德扬兄又有新的面貌呈现，不是改变画貌、不是变换书法，也不是转变文风，而是直接干起了《成都画苑》主编。我也曾当过老编。老实说，编辑是一种既烦琐、复杂又疲累的工作，若非出于无奈，通常我会劝人少碰为妙！难道德扬兄是一时糊涂？还是他想挑战另一高峰？总之，他像谜一样，令人难以捉摸，但又令人着迷。随意翻阅画苑的画刊，印象中，对于思想跳跃、慧黠风趣、享受过程、随喜自在、玩心稍重的德扬兄来说，这次，他可是既认真又严谨的。

一个人，一生中，随着时空的变化，必须扮演和转换许多角色，这很正常，但能将各种角色都诠释好，却非常困难。我不相信他的人生没有震荡起伏，也不相信他能将生命诠释得尽如人意，但他在书法绘画、文章诗词、生活美学、行政组织、感性理性和文武之间（角色够混杂、够难诠释吧），却取得一定的平衡与成就，这些可不是我“胡诌”来的，这些可都是既有的成绩。一转念，既然他有这么多东西可诌，何不也来个“心无挂碍故无有恐怖”（见2002年《刘德扬作品集》序）？

然后，却是一片空白……

还是翻翻古圣先哲的论述，做个寻章摘句的老雕虫吧！正所谓：“书法愈备，去画愈远。”哎！光这句话就似乎与他“书而优则画”相互矛盾。好吧！再想想……德扬胸臆间常怀丘壑，诙谐中确有深沉的底蕴。宁静的画境中却充满丰沛的情感与生命力。画如其人，而其热情活泼、澎湃跃动，但却耐得住性子刻画工笔蜻蜓。想着他的画，想着他的人，脑中突然闪出他所说的话：“我不急，一切都随缘吧”，既然他都说了，那就再缓缓吧！ 蹉跎确如游丝般的线，越理越凌乱，越理越纠缠！

其实，愧疚何尝不是一种牵念……

2009.8.15深夜于台北五鱼书斋

紫气祥佑　红运当头（55×55）

笔耕墨染 情寄花间

杨晓亮

光阴荏苒，时过境迁。认识刘德扬已十五余载。从第一次见面我就认定他是我一生可交往、可信赖的朋友。我一直尊称他为“德哥”。哥是不能够随便叫的，它意味着这是你的亲人，是在生活中能够担负起对兄弟的照顾和事业前程责任的人。现在，德哥的名字在成都绘画圈里已是耳熟能详，虽然是一个尊称，但这是朋友们对他的人品、艺品、文品、德品的仰慕和信服之情。这么多年了我想写一下他，但是满腹空文，不敢茫然动笔。经过熟虑，还是把德哥对艺术孜孜不倦、默默追求的成就跃然纸上，这也是我对他在艺术创作上的敬仰。

2008年7月2日和杨晓亮在部队采风

德哥原来一直是以书法著称于蜀中。他秉承白允叔老先生的书法精髓，在书法的艺术天地里得心应手，取得了很大的成就。这几年他执著追求在花鸟画的世界里。其花鸟画作品淋漓奔放，苍古朴拙，一枝一叶耐人寻味。大幅意境开阔，笔墨浑融，犹如欣赏交响乐一般；小品意韵简远，笔精墨妙，仿佛置身于小桥流水的茅草屋边欣赏古筝，清心、润肺。其作画时，胆大气沉，落笔重而收拾细，用心放而能敛，率真之处不失谨慎斟酌。相较于一些浅解写意画者，直泻性灵、笔笔如写，画法多从书法出。故其画中有气、有骨、有血、有肉，不落空泛平庸，在四

乾道·阿桂篆刻

川花鸟写意画坛上有独特的风格和独树一帜的面貌。

德哥笔下不论遒劲的写意花鸟画还是清幽的花卉小品，无不传达出一种艺术家的风骨和博大的精神。他常常说，书画活动像是练功，必须“莹神静虚、端己正容、秉笔思生、临池志逸”。心静、心闲才能画出好作品。因此，在他的笔下，出现的多是墨色润湿，用笔飘逸，题款生动，清新淡雅，意境深邃，耐人寻味的画面。那一阵阵的墨香、风情悠远淡雅的水墨画，似乎正向我们娓娓道来他人生之真谛。

在德哥花鸟画作品里无论是蜻蜓与彩蝶还是追逐、嬉戏的小鸟，或是含苞待放的花蕾，都是那么的神秘与浪漫、喜悦与忧愁，都融入了他的思想和人生感悟，给天府画坛增添了无限浓厚的色彩和神奇。这些画作通过平凡的现实生活抒发出一种充满诗意的人性美和生态美，散发着浓郁的文化性和现代感。“枯

抱月飘烟一尺腰 2009年夏摄于『荷塘月色』

密叶罗青烟 2007年7月摄于玉带山庄

独照玉容秋 2008年摄于公兴

藤老树昏鸦，小桥流水人家，古道西风瘦马，夕阳西下”，那最触动人心弦的艺术，无论其表现在亘古流传的诗句上还是在满腔豪情的画家笔下，都应该是流动在人类内心深处最最柔软的地方。看不到也触摸不到，唯有用一颗若禅般的心去聆听。那来自大自然的丝丝缕缕之露气，那恍若前世今生的梦幻旅程，沧桑之余，心已沉归自然。

德哥喜作荷花题材之作，在他笔下，那墨色浑厚的荷花层层叠叠，层次分明，浓墨重彩，把荷花表现得淋漓尽致。画面中的荷叶婷立如伞，感觉在微风的轻拂下，满荡的荷叶翩翩起舞，婀娜多姿，使人感受如置身于仙境。画面上那蜻蜓和彩蝶，或在荷叶间追逐、嬉戏，或停立在荷叶或荷花上小憩，显得那样的悠然、恬静。寥寥数笔就把荷下面的水展现出来，给人的感觉是那样的凉爽、清澈。红红的小鱼从水底浮出，似呼吸空气，似抚摸天空，又似向观众行礼问候。徜徉在这些碧波翠绿的荷花作品之中，如清风徐徐，阵阵暗香袭来，沁人心肺，令人心旷神怡。他所作《荷塘秋韵》、《梅花寿相者》等作品中，不难发现德哥那宁静、敏锐、细腻的观察姿态和随意、含蓄的表达方式。无论观景、观世或观画，他总是将体悟悄悄地转化为富有诗意的视觉图式，让观者在轻松、亲切和愉悦的气氛里获得熏染。德哥的花鸟画既没有闭关自守、墨守成规，也没有盲目追随，刻意求新，而是静观其变。他一方面积极关注每一次艺术变革的发展动向，辨析其中的功过与是非，从中获得新的启迪，萌发新的思考；另一方面他自始至终坚守着自己的艺术领地，在继承传统的基础上发扬光大。他

金秋时节（45×45cm）

荷风依依（34×50cm）

对中国画的艺术追求，始终铭记清代画家石涛“笔墨当随时代”的名言，并在不懈探索中充盈那份精神追求，体现出坚定的文化信念和审美主见，以及开放的胸怀。这么多年来，德哥从艺、治学、为师、结友都以虔诚、平和、包容的心态对待，因而他的思维既没有沉重的包袱，也没有过多的束缚，显得十分自由、活泼和开放，常常潜入更加广博和深邃的思考。他秉心养术，博采众长，融会贯通，渐渐造就了具有特色的艺术个性。他靠自己多年来的探索和虚心的学习，摸索出了一套艺术表现手法，又吸取了中国古代花鸟画家如八大山人、徐渭、青藤等大家的笔墨意韵和造型趣味。其所作梅、兰、竹、菊、荷诸君子花,气象明朗，构图大方,笔墨精详,字画相映，令人过目难忘，极大地丰富了花鸟画的本体语言，提升了他绘画的品格和意趣。

任何伟大的艺术作品都带着浓烈的时代气息，反映着时代的精神。在各种创新思维的艺术实践都能得到包容和尊重的情况下，中国的传统绘画艺术才能畅顺地吸收新时代的基因细胞而焕发出强大的生命力，并真正得到振兴和发展，才能向世界跨出中华文化巨人的坚实步伐。“路漫漫其修远兮，吾将上下而求索”，愿德哥的艺术更上一层楼……

己丑年春于半曙楼南窗

我读德扬

李春

初识德扬是1981年的初冬。

为了迎接新年，学院学生会组织了一次迎新年学生书画展。在筹备过程中，我见到了他的书法作品，也结识了德扬,知道他刚在四川省大学生书法竞赛中拿了个一等奖……

对于一个刚从高中考入大学的16岁学生来说，光听介绍德扬的情况，就已让我仰慕之至了。他1956年生于成都一个书香世家，自幼便在父亲的指导下用铁笔沙盘习字，高中毕业后在一所学校当代课老师，1978年考入四川财经学院（现西南财大），成为恢复高考后该校第一批工业经济专业大学生。看着那幅笔力刚劲而不失清秀的楷书作品，我在努力想象“工经才子刘德扬”这个人应该是什么模样。布展的时候，我见到一个个子不高、身形略显清瘦的人，正神采飞扬地与三五个人评品着挂出的作品。文稚的脸上，那副黑边眼镜后面闪过的眼神，敏锐、机巧，让人见之不忘。“恰同学少年，风华正茂，书生意气，挥斥方遒”……这就是刘德扬。

白驹过隙，四年大学生生活很快过去，当我毕业分配，踏上工作岗位时，德扬已留校任教两年多了。

再见德扬是1998年的初秋。

春哥

拍摄手记：2006年3月2日，去夹江千佛岩水一方书屋造访德华兄。暖暖阳光下，看到李春坐在院里，手持香烟，神情专注，思绪如烟缥缈，其状很是惬意。于是举起Panasonic DMC-LX1卡片机抓拍了这个动人瞬间。

听说同仁路有座搬迁来的清代三进院老宅，喜欢中式建筑的我便抽闲去逛了一次，不想却碰到了在这里任成都画院书记兼副院长的德扬。因为工作关系，我时常到同仁路口的政府某行业管理机构去办事，也就常有时间拐到那座清幽的小院去寻德扬，讨杯清茶，与他摆摆龙门阵，也知道了这十多年来德扬的人生轨迹……

德扬1983年在邛崃县参与农村乡镇企业经济发展指导的事迹在《中国青年报》头版头条报道后，受到了四川省委领导的注意，将他从学校调到省委某部门，第二年就成为该部门最年轻的处级干部。但不管工作多忙，师从白允叔先生的德扬一直保持着对书画艺术的浓厚兴趣。终于，从政多年后的德扬在结束县委副书记任后，因为酷爱中国书画艺术，主动要求到成都画院工作。那一年，他38岁。

读懂德扬是在我已年届不惑之时。

德扬家号为“竹庐”的画室是我们一帮朋友最爱聚会的地方。用杉杆和彩钢板搭建的“竹庐”掩映在绿荫中，屋前是一个不大的小院，院墙上放着两个浅浅的木箱，盛着土长着嫩得可人的白菜秧、小香葱。雪藤架下，是一方石质小桌，旁边一泓池水中栽着睡莲，养着锦鲤。不大的院落四周竟有佛肚竹、金镶玉竹、文君竹、紫竹等五六个品种的竹子。“凭栏邀石听鱼语，临窗对月浴竹风”的刻字对联旁，梅花、桂花、兰花缀置其间，略显杂乱却充满生机。“我喜欢竹子，我爱莲花，我追求野趣。”围墙与画室夹缝中养着三两只芦花鸡——“中国唯一幸存的土鸡”，德扬戏称；一只养了二十多年的旱龟在院里恣意爬行，“它叫‘神头儿’”，德扬笑言；一只极通人性的土狗和两只猫在嬉戏，“土狗叫‘保长’，黄猫叫‘双双’，三花猫叫‘太极’，极具野性”，德扬一一介绍它们的习性……

这就是德扬，一个充满生活情趣的人。

这就是德扬，一个在闹市中聆听自然箫声的悟者。

春日暖阳时，我们常躺在德扬特意从乡下找来的竹“马架子”上，惬意地晒晒“虱子”。

夏日炎炎时，我们会躲进雪藤架下享受楼宇间穿进的些许微风。

秋天总是跳丰收舞的日子，院子里时常高朋满座，时令瓜果海吃一气。

最令人向往的是冬天的“竹庐”，不开空调，弄个土火盆架子，里面生上杠炭火，火盆边上煨着红薯、土豆，三五个人围坐一圈，个个像小孩一样抢着用火钳把火堂里的炭翻过来覆过去地夹开抖灰，再架好，时不时扔点东西进去烧，未点着时青烟升腾，熏得眼泪直冒，点着时火苗一窜，满堂喜气。

吃饭时最享受，火上烤着馒头，火盆沿上摆满香肠、腊肉，酒不冷，菜不凉，再把烟熏猪头肉用筷子穿了架在火上烤得滋滋冒油……

“我喜欢朋友无拘无束大块吃肉大碗喝酒的感觉，我爱大家相聚的氛围，我追求一种脱离世俗的友谊。”

这就是德扬，一个童心未泯而活得真实的人。

这就是德扬，一个朋友圈里快乐的营造者。

德扬通音律。年轻时拉得一手好二胡，“梵阿玲”还摆弄得相当有水平。

德扬爱读书，诗歌、散文、小说、古代典籍，只要一卷在手，便是个“啃”。诗词、曲赋均潜心研习。

德扬爱思考，常从不同的角度去分析问题，提出异于常人的观点。

遇到一些文字上的问题，我常常向他请教，我称之为“翻字典”，其实我偷了懒，也偷了他的思想。

他曾说，儿时父亲教育他，凡遇字词上的问题一定要翻《词源》，要理解字的本意，做足字词功夫才不至谬解遗世。

德扬喜欢画荷。他收集古人吟颂荷花的诗词不

嫩黄（34×34cm）

幽兰（34×34cm）

珠光（34×34cm）

下百首。拍摄的荷花百态，更是撷精集彩，美不胜收。看他画荷：一炷清香，一杯清茶，笔走墨飞，田田的叶，婀娜的花，仿佛伴随绕梁的《爱莲说》跃然纸上。

德扬进行书画创作时，常将作品贴在墙上，征询众人的意见。因之故，德扬的书画品质提高很快——态度决定高度。

德扬进行书画创作时，很注意作品的构图，常用款识、钤印来平衡画面。一次看他画一幅琴条立轴，重墨皆集于画面底部。我正替他着急，揣测着如何收拾，却见他大笔一挥，出人意料地在窄窄的画面上开出个中款，在右上角落下一方“引首”，画面顿时活了——见识决定胆识。

德扬进行书画创作时，很注意基本功底的累积。“没有深厚的书法功底作基础，中国画水平想提高是非常困难的”，德扬说。因此，每日习字便成了他不可或缺的功课——格局决定结局。

德扬进行书画创作时，常在题款中用幽默精炼的语言道出自己对人生的理解和追求。“迷迷茫茫，恍恍惚惚，艺术于人重在想象方有余味。话说白了，虽然痛快，则到此为止。该清醒时模糊，那是装怪；该模糊时清醒，那是二百五！”——想法决定活法。

从良师，交益友，我有缘与德扬相识，我有幸与德扬走近！

2008年8月于筱石斋

野塘无声叠蛙鸣（68×45cm）

文海泛舟 画坛逐艺

刘德扬中国画艺术有感

陈荣

与德扬相识是先观其画后见其人。

以书画见长的德扬君文采飞扬、文风飘逸而犀利，有目共睹。观文如见其人，他笔下多写画友、书道同仁，感言随想即兴而发、乘兴而书，快人快语。如《回忆白允叔先生》、《高山仰止》、《阿桂这小子》、《张扬剑胆蕴藉琴心》中的主人公经他一写，人人极为鲜活。

德扬的画多以简笔为主，画面清新而典雅，配以通晓事理、畅达心情的文字，以书法题之，字画相得益彰，别开生面。闲来品读德扬书画、美文是件惬意的事情。

记得德扬曾画一画，画面一垂钓之饵引鱼上钩，鱼白眼向之，嘴角一撇，曰："我被你钓，你被谁钓？"竖题"岁次辛巳仲夏写此以为观者一哂"与垂钓之钩并列，标题字与鱼平行，用枯湿浓淡之墨题出，几方闲章精心地打在画的边角处，书与画相映成趣。文字寓意深刻，观者无不会心一笑，充分展示了德扬的睿智与才情。

荷，在中国文人的心目中是出淤泥而不染的象征，在现实社会中，金钱让人们的内心世界发生着越来越大的变化，我不知还有多少人在固守这个"不染"的道德底线。但德扬的"荷"却实实地带给了人们心灵的慰藉。德扬画荷别有一番韵致，构图极简处，以文字数段分别排列，或

空谷佳人（45×34cm）

红了樱桃 绿了芭蕉（68×68cm）

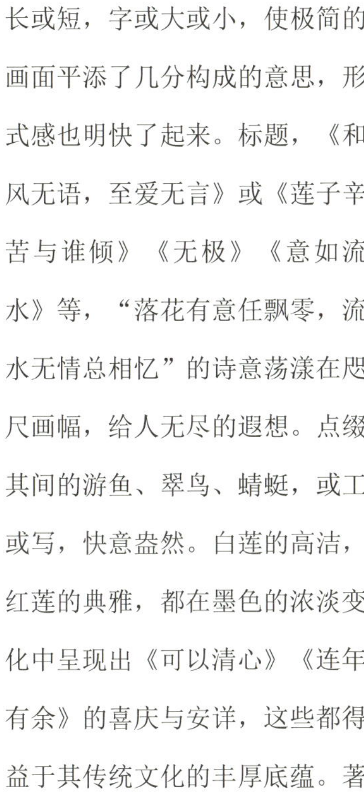

长或短，字或大或小，使极简的画面平添了几分构成的意思，形式感也明快了起来。标题，《和风无语，至爱无言》或《莲子辛苦与谁倾》《无极》《意如流水》等，“落花有意任飘零，流水无情总相忆”的诗意荡漾在咫尺画幅，给人无尽的遐想。点缀其间的游鱼、翠鸟、蜻蜓，或工或写，快意盎然。白莲的高洁，红莲的典雅，都在墨色的浓淡变化中呈现出《可以清心》《连年有余》的喜庆与安详，这些都得益于其传统文化的丰厚底蕴。著名山水画家叶瑞琨先生就是这样说道“德扬原本就是一个文人。在十余年的风云历程中，仍然保存着一个文人的纯真，这份纯真我们可以从他笔下的竹、兰、梅花中读到，同时读到的还有他完全的承继着中国文化的传统精神”。是啊！这是文人的一种气节，一种赋予花草生命的气节，正是这种气节滋养了其作品高雅而飘逸的豪情。这就是为什么中国花鸟画虽逸笔草草却寓意深远之所在。梅之坚毅、兰之优雅、竹之高洁、菊之清逸、松之挺拔无一不是饱含着美好的寓意，所

不多也不少（34×45cm）

体现出来的崇高的精神内涵和不屈的坚强意志受到国人的青睐。这也正是千百年来文人画家推崇的一种品质吧。

德扬书法颇具新意，书写上极讲究构成关系，章法考究，独具匠心。于书法我是门外汉，但每每读及他的书法，却总能让我怦然心动。以《心情》为例，画面上方三分之二处书“心情”两字，偏左中钤两方章“刘德扬印”、“钟吾所作”，下方三分之二处钤“空明”章一枚，构成了画面的视觉美感。“心”字似彼岸远山，“情”字似扬帆驰向彼岸的航船。“情”字用行草书写，似船的倒影以及划出的水波纹，四周的空白处似水似天，水天一色，苍茫空濛，“一片孤帆天边来，驰向彼岸是佳境”的意境引人入胜。一如他在此幅作品的注释中提到的，人生在世，“此心要平，斯情宜淡。要虚怀若谷、灵台空明”，同时，要有“掀天揭地”的勇气。

“艺海扬帆心作境，画坛逐艺天地宽。”

德扬有斯境界令人佩服，其艺术“似皓月明镜清心”。

2008年11月21日于快意堂

自得其乐 时时开怀

汪道楷

初识刘德扬，是在2007年的夏天。在成都商业街的一处四合院，宾主落座，把酒言欢，显得不亦乐乎。当主人介绍德扬时，他略显富态的面容给人和蔼可亲的感觉。他属猴，我亦属猴，自然更多了几分亲切，就想与他亲近。

对德扬的了解，是在细细把读他的画册《是斋随意》作品集后，我格外欣赏他那随心所欲的天籁之笔。我的夫人喜好书画，当我把这本画册拿回家时，她看了好几遍虽是一阵心潮涌动，却表示找不到恰当的词语来形容它，倒是我说了三个字，淡、雅、静，夫人听了连声叫绝，说这三个字可谓直抒胸臆，就是她的切身感受。

评者龚万兴说，自古书画堪称文武之道，会其一者即可享誉盛名，二者兼顾则堪称“大家”。德扬不仅集书画于一身，而且精于文采，擅长篆刻，前程不可估量也！德扬致力追求画作的清新典雅、别具生动灵气，在继承传统文人书画注重抒情与写意的基础上，强调现代审美意识和现代意识以及构成理念，尽量以简约的笔墨语言，形成强烈的视觉张力。

笔者观其书画大作《不期而遇》、

心无羁绊方可得休闲二字（41×46cm）

《回味》、《谁谓茶苦》等作品，形简意发，淡淡几笔，便勾勒出创作者心灵的内涵与波动，看似寥寥几笔，正体现了作者和千百年来众多画者所追求的艺术风格。画作《不期而遇》，由静处观其精神，真可谓山雨欲来风满楼，伏笔蕴藏大智，预示着适者生存的哲理。作品《回味》就更加有味，越回味是越有味。一个疲惫的人，面对梅花朵朵开，作者题款为“一树梅香还是一朵梅香”。世人几多归客，岁月穿梭，能否也像那一树梅花或是其中的一朵梅花那样一岁一枯荣，虽然时令变迁，却不乏灿烂与萎谢呢？德扬同许多画家一样，也喜欢画荷花，研磨荷花雨后含苞带露的灵气。画荷花和荷叶，主要表现其绿盖叠翠、青盘滚玉珠、星罗棋布的外表，更要表现其花姿妖羞欲语、盈盈欲滴、皎皎无瑕、嫩蕊摇风之神韵。古往今来能达此境界者甚少，但德扬就是其中之一人。他笔下的荷花，可谓娇夭柔美之至，极具个性。也因为此，德扬能在当世画荷者中脱颖而出，独树一帜，受到藏家的广泛认可和注意。

野水（50×40cm）

德扬虽然经历风风雨雨，但是他笔耕于勤，纯真依旧，骨子里就浸泡着制艺精神。工作之余，德扬经常亲临荷塘观察、写生，与荷为友。画的各种花头取法自然，其湿笔墨活、浓郁、深厚，凝敛而不滞；渴笔飞白、苍劲、流畅，华滋而不枯。他把荷花的千姿百态铭记在脑海之中，荷花浴日、戏风、沐雨、邀月等种种形态了然于心，所以他作画时，信笔挥洒，即情趣大成。

德扬画作凸显其静、雅之风，极其讲究言简意赅。《清白》这幅作品一清一白两棵大白菜，释之语“官不可无此菜，民不可有此色”，此心可对天照月。画梅，更能透露出他对生活的超脱，任它东西南北风，秉性傲雪独自立。我曾细细打量他的梅花图《回味》，只有六朵梅花，《立春》更是只有五朵梅花。记得有首儿诗：一望二三里，烟村四五家，门前六七树，八九十枝花。看来古人也讲求下笔简约，正好应了古人的“洗净尘渣，独存孤迥”。德扬画梅简约，却不简意，笔端引申的是文人品格，几朵梅花在静处，却能呈现出鲜活的生命力。用内心情感的功夫来培植高尚的品德，着笔实在老道。如果没有心性，笔下是简化不起来、流畅不起来的。

德扬性情活泼，童心质朴。在他第一本画册的扉页有言，“在复杂的社会里过简单生活，实在是一件不容易的事”。他不喜奢侈，喜欢亲近自然。在他画室的院子里，养着鱼、猫、狗，还有大旱龟，甚至在修竹林下，还养了只老母鸡。在书画之余，他常常用笔墨短文来叙述友情，纪念故人，字里行间或是相得益彰，或是幽思涟涟。他回忆恩师白允叔先生的文章用笔练达，刻画人物栩栩如生，把儿时与先生的忘年之交、“亦弟亦友”之情一一再现，先生的音容笑谈犹如重返人间。在缅怀刘既明先生的文章中，更是将30年前老先生对他的指导了然眼前，从人物的描述到家具的摆设，从与老先生的简短对话到先生赠画的点点滴滴，依然就是昨日之事。

德扬文采过人。他在给“味道江湖”餐馆撰的赋文中写道：“大漠旷野，青山不改，绿水长流。帝王豪杰，奇侠异士，骚人墨客，女史名媛，笑傲江湖！弹铗高歌，广陵绝响，有道是‘醉里挑灯看剑’！红袖添香，杨柳晓岸，好一个‘今宵酒醒何处’。长空响雷，曹孟德煮酒论英雄；凤凰琴心，相如赚得文君卖酒。稼轩醉松，‘要愁哪得工夫’！渊明放浪，‘我醉欲眠君且去’。更有东坡夜饮，‘酒气拂拂从指间出’……”从这些文字中，我看到了更多的他，也看到了他的未来。于此，我祝福德扬！

“轻轻举杯，细细品味”，德扬如是说，我听着，同时举起酒杯……

2008年4月10日

细读《俯啄仰饮》

昝文娟

刘德扬老师是我在成都结识的众多知名艺术家里，最没有艺术家派头的一位。说他没有艺术家派头，不是说他的艺术水平不高，或者他没有艺术家的气质，而是说他亲切，他自然，他洒脱，他幽默……

初次拜访刘老师是2009年11月初一个天气晴朗的下午。刘德扬老师的家离宽窄巷子不远，虽是高层住宅，但是家住三楼的刘老师竟然有一个不小的院子，名为“竹庐”。竹庐，有竹——翠竹几棵，竹椅几把，翠竹掩映，竹下品茶。竹庐，不仅仅有文君竹、罗汉竹、情丝竹、墨竹、紫竹、云竹，还有桂花、梅花、紫荆、玫瑰、茉莉，更有雪藤、铁树、金银花、栀子花、喇叭花、荷包牡丹。可谓四季花常开，全年春常在。不仅如此，竹庐还有很多动物增加生气。鱼缸里几条红色金鱼，一只叫做“太极”的花猫和取名“保长”的土狗，我们在院子里喝茶的时候，旁边竹林里还不时传来母鸡的叫声，低头的时候，我竟然发现脚下有一只大乌龟，刘老师告诉我它的名字是“神头儿”。

光是看到这个环境，我就觉得刘老师是一位热爱生活、闲淡雅致的艺术家。谈吐间，刘老师不仅仅在书法绘画艺术方面有渊博的学识，而且对政治经济、人文历史，

莲花朵朵托观音（45×34cm）

肖形 · 刘德扬篆刻

款识：不以物喜，不以己忧。世间一草一木皆是佛性，令人心生欢喜。（45×46cm）

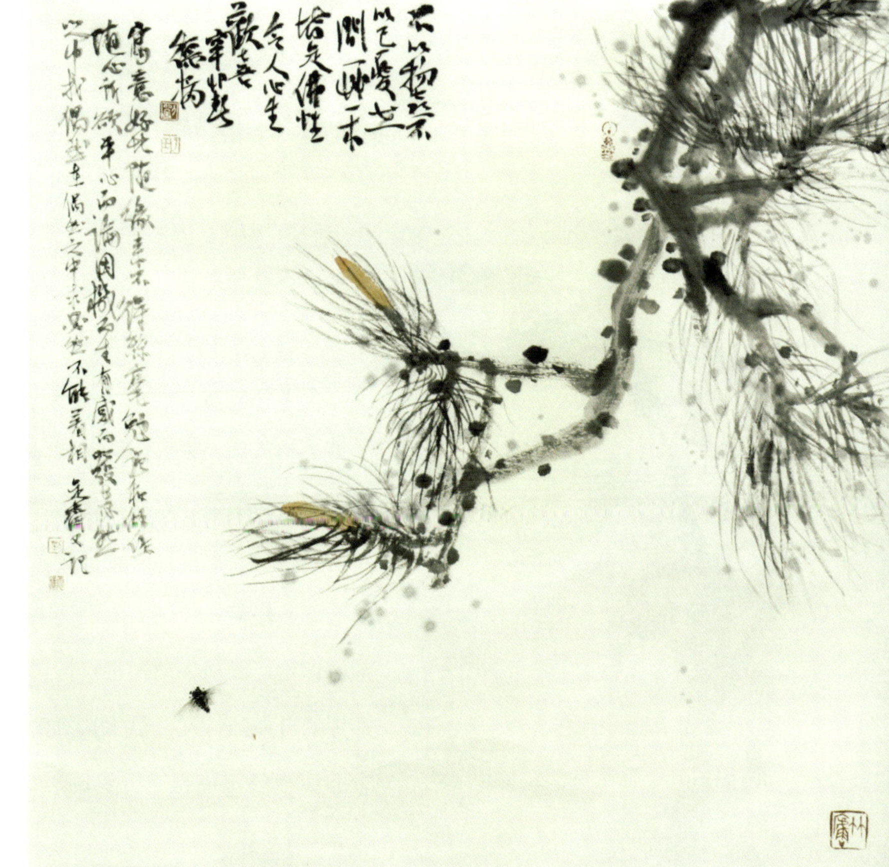

都有自己独到而深刻的见解，而尤其让我印象深刻的是刘老师那种热爱艺术、热爱生活、淡然闲适的生活态度。

谈话中我知道了刘老师从小习字，如今仍每天坚持写字，画画是职业是爱好更是抒发情感的方式，平时喜欢写各种风格的文章，有自己的博客，还会去逛论坛，甚至曾经是某书画网站的斑竹……时隔半年，当时谈话的具体内容我已经记不清了，但是刘老师那种平易近人、风趣幽默却又内涵丰富、平静深沉的气质，我仍记忆犹新。离开时，刘老师送我一本他的随笔集，名字就叫做《俯啄仰饮》。

这是一本插图的随笔集，里面有刘老师近年来写的一些随笔、杂文、观感、代序等各样文章，还配上了一些或与文章相关的图片，或刘德扬老师的书画作品、摄影作品。每张图片，都配有或多或少的文字说明。有趣的是，在某些图片的说明后面，根据图片和文字所表达的感情，刘老师都配了一个QQ表情，实在可爱。我拿回来之后，就放在办公室的书架上，工作之余，随手翻开，读上一篇，既可学习，又当消遣。

书的前几篇文章都是为悼念先师而作，足以看出刘老师对前辈的尊重。接下来一篇随笔，我很喜欢，叫做《心中那盏灯》，由对床头灯偶然的一瞥而发现它的美，又由床头灯写到心中的灯，其实是写刘老师的一种生活态度。其中引用了郑孝胥等人的对联，“养气不动真豪杰，居心无物转光明”，“事能知足心常惬，人到无求品自高”。我很喜欢这几句话。这是任何一个超然淡然释然的人都在追求的境界，颇有些禅意在其中。而刘老师就是这样，心中时时有盏明灯——心无挂碍，知足止奢。

书中还有几篇精彩的评论。如为成都画派首届中国人物画展写的观后感《茶熟香温且自看》，为陈明德先生篆刻作品写的点评《毓秀钟灵一方家》，观张剑老师绘画的感受《张扬剑胆，蕴藉琴心》，还有《唐诚青画集》序言——《诚敬不二•青云守一》等，虽说都是评论，但却不论是评画、评印、评人，还是评书，都是以极其认真的态度，细心钻研，用心品鉴，耐心斟酌，精心撰文，诚心评道，所以每一篇都耐人寻味。像第一篇《茶熟香温且自看》，不仅有对展览画作表面现象的描述，也有对其深层原因的挖掘；不仅有对精彩之处的赞扬和欣赏，也有对不足之处的质疑和思考；不仅有对人物画现代意味的探索，也有对其传统意义的追寻；不仅提出了继承和发扬，也要求探索和创新……文章从历史、从题材、从意境、从表现手法、从笔墨和材质等各个方面阐述了中国人物画的继承与创新。全篇条理清晰，引经据典，立论证论，向人们阐述了中国人物画创作的难题和创新的必要。任何一个画人物画的人读后，一定都会深受启发，深深自省。刘老师的评论，鲜活生动，不仅可读，耐读，而且喜读，乐读。看着这些文章，那挥洒自如的行文，信手拈来的诗句，旁征博引的典故，以及对艺术的各个方面的深刻领悟和通俗表述，都让我惊叹。唯有学识渊博之人方可成就此文。

刘老师不仅仅是学识渊博，而且诗书画无所不通。刘老师从小习字画画，由于有深厚的书法功底和独特的艺术思想，现在刘老师已经是一位非常优秀而有自己独特艺术语言的画家了。至于诗，《俯啄仰饮》中，在他应邀为“蜀王火锅”所写《蜀王赋》，为“味道江湖食府”所写《味道江湖》，

铁石心肠梅知己（104×17cm）

以及在其先生60大寿所写长联中，都体现了他深厚的文字功力，吟诗作赋，填词作对，无所不能。尤其是为其恩师白允叔先生所作寿联，不仅嵌入了先生字润德号应予，而且上下联除去标点符号外，各99字，意寓先生南山之寿，堪称一绝。曾经听谁说起过，画画得好的，称为画家，书法写得好的，称为书家，而唯有精通诗书画者才能称为艺术家。如此，德扬老师足可以称得上是艺术家了！

既然是艺术家，那就不得不提到德扬老师的书画艺术。曾不止一位老师对我说过，书法在绘画作品中具有至关重要的作用，一流的绘画只配上二流的书法，或者一流的书法却只有二流的绘画，档次都低了一等。唯有配上一流题款的画作，才能称得上一流的画作。而德扬老师的画，毫无疑问是一流的。刘老师爱画荷，书中配的画作，大部分是荷。有时是浓重的墨绿色荷叶中，几片粉白的花瓣构成的清新脱俗、高雅纯洁的荷花一枝独秀；有时是轻薄的淡淡的绿色水晕中又晕出几片淡粉；有时是“蜻蜓立上头”的小荷；有时是“濯清涟而不妖”的白荷；有时是“红衣不耐秋”的残荷。虽都是画荷，却气韵生动，气象万千。而其中写意荷花的花间题字，又随心而出，更增加了其写意的韵味。为刘德扬老师写文章的人，无一不提到他的荷，甚至有评论家专门为他的荷花艺术撰文，我在此就不班门弄斧了。德扬老师喜画荷，不仅仅是有和气、和谐、和畅的意蕴，更有自喻的追求在其中。这也就是我如此崇敬他的原因了。

2010.5

冰雪聪明（34×34cm）

墨韵飞扬画中趣

刘德扬花鸟画之品味

曾策

中国文人画以“写神取韵”为上品。“写”即“书法”也，“写”能达“神”，谓之“畅”也；“取”即“取舍构图”，“取”能得“韵”，画之大成也。

以上述标准为依据，无论怎么看刘德扬先生的花鸟画，都可列为上品……

我与德扬先生的交往有限，但每次畅谈观画后必有心得。说实在我很喜欢他的花鸟画中精神层面的东西，人性化趣味，哲理性思维，诗意感境界，这些都超越了技巧，到达了精神层面，更重要的是中国画的精神，它从传统中来并超越传统。这与画家自幼研习国学并受蜀中书画名家的影响、熏陶、教诲密切相关。画家通晓诗文，善书法、精绘理、尚笔墨，更兼为人豁达，故能得其中。

乍寒还暖时节（局部）

德扬先生引书法入画，画中充溢文人气韵，无论是梅、兰、竹、菊的传统套式构图，还是匹练大幅花鸟，他都能求新求变，将写意花鸟画的情绪画意演绎得淋漓尽致，趣味无穷，体现了书同画、画有书、书画同源、书画合璧的至高境界。

他对竹子有一种发自内心的喜爱，寓意为“节节顺利、步步登高、君子风范”，画中常表现劲竹之高风亮节。做人亦以竹性为鉴：虚心、淡雅、劲节；居家亦以竹

是斋闲趣 · 刘德扬篆刻

多少人来看明月（68×45cm）

为伴，院中遍植奇竹，并以竹名其画室为“竹庐”。有人来访，画家每每兴致于“竹庐”煮茶待之。

画家虽出自“竹庐”，然于荷花却情有独钟。画家语：“荷者，合和之谐，和为贵也。”他创作的荷花位列神品，韵姿卓立，墨彩淋漓。无论墨荷、彩荷，抑或金笺重彩尽皆超凡品位。墨荷以书法线韵入画，如《无极》、《连年有余》等，其布局空灵、意趣取胜；彩荷以诗歌意境入画，如《佳和如意》、《和风依依》等，其水墨舒展，大气丰韵；重彩则以《红蜻蜓》为代表，水墨泼彩，纯兰、怡黄、亮白交织分明、层染密润，白莲吐蕊，红蜻婷立，绿茎蜿蜒，大写意碰水渲染全图，焦点中的红蜻蜓和莲蓬则采用精工细绘、双勾填色的方式，以烘托主体效果。此系列画作深受市场欢迎，藏家趋之，行家赞之，爱家受之是也。

德扬先生的花鸟画与众不同，视角表现独特。这与他的传统国学底蕴大有关系。他画的《亥猪进门》饶有兴致。一个“门”字占据了三

和谐清敬图（110×97cm）

分之二以上的画面，肥猪却羞羞答答地立于门边，题款“亥猪进门，合家欢乐安康”。另一幅立轴彩屏上，紫藤倒挂，山石矗立。德扬先生书之：“息心静气，乃得浑厚”，由此可见其心性涵养。一方残红莲心入画，款识云“和风无语，至爱无言”，其品格学识不彰自显。对待名利，他看淡世间冷暖人情，画一小鱼冷眼对空钩，题款“我被你钓，你被谁钓？”哲理感悟有如警世名言！他在《俯啄仰饮》一书中写道：“心似白云常自在，意如流水任东西。”这是一种人生态度，他以此鞭策自己悄然前行，一如其言：“梅之清逸在瘦，人之风骨在气”。

德扬先生深明笔墨再造的重要性，在大张文人画风的同时，以书法之流畅简约为风格，逸笔过处行云流水，波澜自清，线条流畅。行书大写，干、湿、焦、润自然过渡，点、线、色、面兼顾一体，舒展自如，收放随心，笔断意相连，墨到分浓淡。顿挫转折，冲发叠染，笔力交替、墨韵更新，章法独特、骨法得体，大有“浓妆淡抹总相宜”的感觉。

画家创作时构思清奇巧妙，构图疏落有致，标新立异，匠心独运。其画面赏心悦目，静雅相间。或淡然清新，或兴致谐思，立足于表现意趣与画韵。有道是：“墨韵飞扬画中趣”。他将豪放与灵动并举，画意轻松自然，全无造作之痕，然画中的人性化意趣深入，耐思耐品之处让人可圈可点，仿佛“绿叶花草总关情，小鸟虫鱼通性灵”。这是文人花鸟画的精神实质所在啊！是一般画家很难达到的超然状态。

可以放言：德扬先生在其创作中已达佳境，实现了作品的高雅格调和品位，并将在惠风和畅的诗意感觉中步入艺术的新境界。

2008年6月2日

芳菲四月（136×34cm）

刘德扬书画艺术沙龙侧记

曾红

2005年5月15日下午，文化界、书画界、收藏爱好者、媒体、商界人士欢聚在翡冷翠咖啡馆，由咖啡馆主人唐先生夫妇组织的“刘德扬书画欣赏文化艺术沙龙”如期在这里举行。唐先生夫妇曾在新加坡从事了十多年的文化传播工作，他们非常热爱中国的书画艺术并时有收藏，他们希望把咖啡馆办得更加有文化品位，因此每隔一段时间，他们就会组织一次文化沙龙聚会。

观鱼（45×40cm）

咖啡馆里高朋满座，室内墙上悬挂着多幅德扬先生的书画作品，看上去显得很是古朴典雅。墙上大型的投影电视循环播放着德扬先生的书画作品。大家喝着饮料欣赏他的字画，轻声地交谈着。

18点30分左右沙龙聚会在唐先生的主持下开始了。唐先生对他们为什么要搞这次刘德扬书画艺术欣赏沙龙活动做了简单的叙述。他表示，他的翡冷翠咖啡馆今后会常常举办这种有文化品位的活动，并借此契机使咖啡馆成为蓉城一个具有高品位的文化休闲娱乐场所，使大家能够感受到这种文化气

空·邰凡篆刻

密叶隐歌鸟　香风留美人（60×40cm）

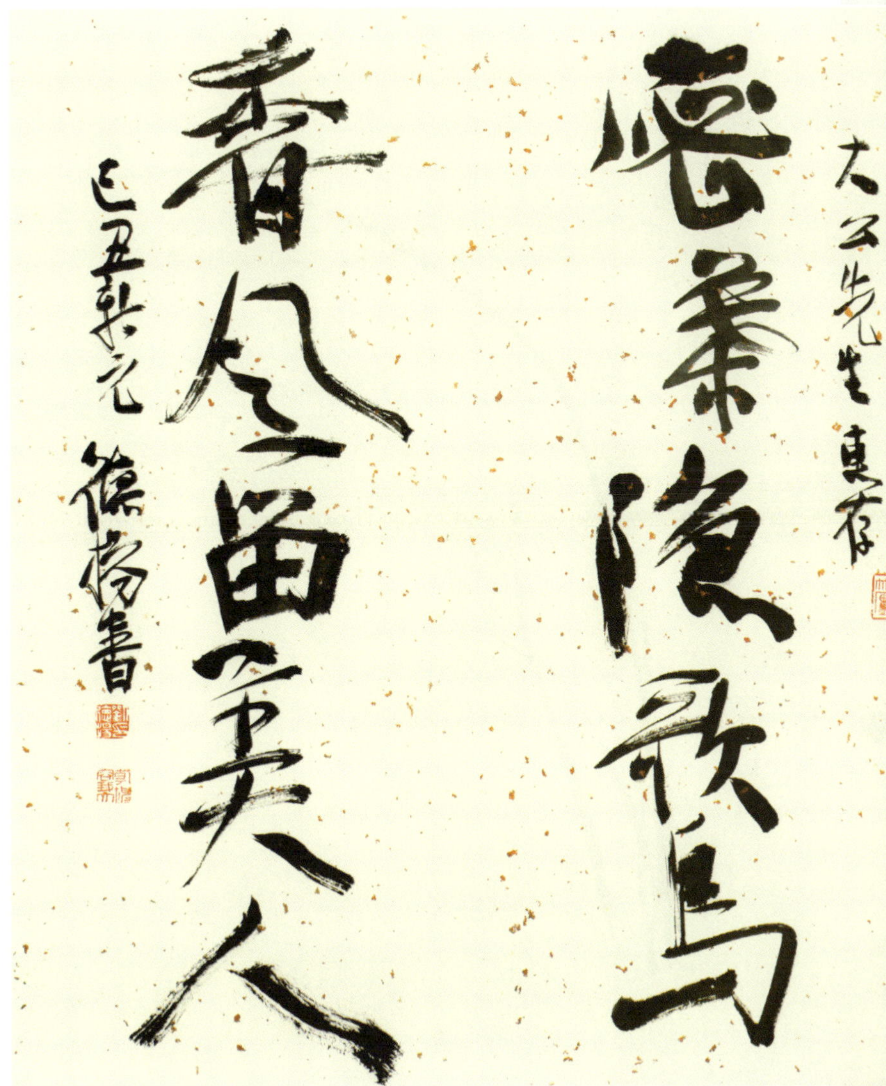

息，并在此得到心灵和精神上的休闲与享受。

董先生，其和唐先生有着十多年友谊并同样爱好书画收藏，曾经参与过北京翰雅字画拍卖。在他的发言中，对德扬先生的书画品味得非常细致、精准。他说：刘先生的画有出世之气，尤其写意画，独树一帜，比如留白压脚，辅以诗、书、篆刻来表现，师法造化，讲究以形写神，形神兼备，以情写神，情神兼备，贵在似与不似之间。董先生认为，刘先生的画有三味。一是有出世的感觉。这很难得，因为真正的高人隐士也未见得有出世的感觉。二是意境上不着相。刘先生深谙齐白石先生“画，妙在似与不似之间，太似则媚俗，不似则欺世”这句带有中庸思想意味的警句并作为自己的治画之本。三是刘先生对前贤的仰慕和研究很用心，他的画决不囿于前贤而有所创新，无论从笔墨的豪放、洒脱，以及技法上都有所创新，在学习和继承传统的基础上发挥自己的创造力和想象力，形成了很独特的风格。他研究八大、石涛、吴昌硕、齐白石等前辈的书画，对各个画家的作画特点、风格及其笔法、墨法、水法他都精心钻研，深得其精髓。他对书画艺术孜孜以求，不断创新，其画功力深厚、潇洒自如。他以极度简约概括的笔墨来表现深邃的意境和哲理，抒发情感，凝练遒劲，气度不凡，每能出新意，耐人寻味。诗、书、画、印能在其书画上完美结合，说明德扬先生学问深厚、修养极好。

董先生接着说，刘先生画竹，瘦、硬不可一世，不带芳草气。他画莲，把出污泥中的莲画出了净境，简约的用笔却在很大程度上表现了莲的婀娜妩媚和不蔓不枝的物性。这说明他的心性很高，亦如莲花，自性净静。他画的梅花更是表现了一种孤高的意境。最后董先生用一首诗结束了他激情的发言：“奈何天公眷刘郎，凝近望远自周详。如此晴光好相与，写竹画莲到清凉。”

深林不语抱幽贞（45×34cm）

德扬先生说，他作画就是希望给看画读画的人以想象的空间，他认为只有这样才能与看画赏画的人形成互动。他希望看他画的人能够感受到他画外的意境…….

最后，参加艺术沙龙的朋友纷纷表示这样的沙龙让他们学到了很多的东西，虽然是黑白之间的画，但在黑白虚实之间深受启迪，他们以后会更加关注中国绘画这一国粹艺术。我们衷心祝愿德扬先生能在这条艺术之路上越走越好，尽享书画艺术带来的乐趣。

2005.夏

攀西绿石林（173.5×90cm）

错位之后的逍遥

《热道》专题记者　周文

导语

这几年，成都画界惊讶于一匹突然跃出的黑马——从前名于书法的刘德扬，仿佛一夜之间荣誉加身：频频举办画展，作品被多家美术刊物收录，并受到藏家广泛关注……备受压抑的童年，仕途辉煌的青年，直到后来退出政坛专事艺术，刘德扬用自己的人生与中国传统文人的追求、心境相接，在越来越浮躁的现代社会里孤独而固执地捍卫着一种正在逐渐消失的美。

1991年春在中共洪雅县委

错位的命运

把画面倒回四十多年前的成都。一个头上扣着“黑五类”帽子的中年人流浪痕牵着年幼的小儿子，漫步在夕照下的小天竺。拥挤的街巷和错落的瓦房，用一种诡异的苍凉感拖慢了两人的脚步。在一排房屋前面，中年人停顿下来，指着与整座建筑风格迥异的门和窗，缓缓地数落着……

小天竺是成都当时最大的平民区——新中国成立后，政府平整了这一带乱坟岗和低洼湿地，新建了密集的居民房，主要容纳新中国成立前住在皇城和城墙边的贫民、小商贩，以及被打倒的一些“黑五类”分子。新中国成立

道外无物·陈明德篆刻

后，刘家资产上交，祖传的大院被拆毁，肢解后的材料又被零碎地镶嵌在新建的简陋平房里。这些胡乱安放在别人墙上的门窗在流浪痕眼中显得孤倔又落寞，他那调皮的小儿子却用童趣的目光兴致勃勃地打量着一切，丝毫不知道这种错位正强烈地暗示着一个家庭在历史大潮屡次冲击之下的命运，更不会想到今后他会同祖辈和父辈一样，有意无意地被推到许多重大事件的最前沿。

再把画面拉回四十多年后的成都。市中心最繁华地段的“水泥森林”里，蛰伏着一片精致的翠色。这座建在三楼的小院被主人刘德扬戏称为虽然“上不沾天，下不着地”，却又是“脚踏实地，心佯虚空”。院内，文君竹、罗汉竹、情丝竹、墨竹、紫竹、云竹……枝杈蔓生，像一根根或刚劲或妩媚的手指，将“竹庐”笼于掌心。古朴的茶具泡散了生活的节奏，四壁竹帘滤去了阳光的杂质。已到知天命之年的刘德扬穿着宽松的白衣，笑容天真又狡黠。庐外小院几只探头探脑的母鸡不时妖娆地咯咯两声，更为这个现代版的“归去来”故事增添了野趣。

权力欲具有颠倒苍生的魅惑，但总有人倾向于艺术的永恒性。很多曾经的同事甚至下属都已是正厅级以上的干部了，可刘德扬并不羡慕。或许正如尼采所说“我的时代尚未到来，有些人要死后才出生”。不管出于何种原因，许多人命中注定要不断经历错位之惑，然而深谙老庄之道的刘德扬绝不会有西方哲人二元对立的撕裂之痛，兼济天下或独善其身，都是他俯啄仰饮的逍遥游。

书香门第，谐趣世家

刘德扬的祖父即旧时有名的蜀中怪才刘师亮。这位颇有魏晋遗风的老先生或许是拜天

1983年和恩师白允叔先生（后排中立者）在邛崃

府之国独特的幽默细胞所赐，从晚清到民国动荡的几十年中，上演了一幕幕激进的行为艺术。谐趣是他最锋利的武器，似是冷眼旁观的态度却深含忧国忧民的悲愤。据说他曾大白天打着灯笼直闯国民党省政府大门，被惊动的卫兵过来询问，他却似乎茫然地瞪大双眼说："太黑暗了，看不到"。上世纪二三十年代的成都，刘师亮的大名流传于街头巷尾，为官吏所痛恨，百姓所拥戴。

尽管锋芒太露的刘师亮遭遇过军阀的数次暗算，却总能逢凶化吉，可他的后人、同是老成都小有名气的文人流浪痕就没他那样幸运了。

流浪痕是民国时期典型的进步青年，以撰写讽刺时事的杂文见长，兄弟一辈中有不少是国民党政府中的官员，他本人却因为叛逆的文章而屡屡遭到特务追捕，在川渝一带东躲西逃，后来隐居到了万县。结婚之后，家里开支激增，夫妻二人生活无着，无奈之下到了简阳县担任农村合作发展指导室主任，级别相当于副县长。这些经历，都成了他在今后历次政治风波中遭受苦难的原因。

说起父亲，刘德扬一向云淡风轻的脸上露出了些许沉重。正是父亲，将他带进了文史书画的世界，也正是父亲，让他懂得了如何在最低潮的时候依然保持一种乐观、幽默的心态。然而，这个受尽磨难的老人却在临终前紧紧握住他的手，对他说："德扬，千万不要写文章……写文章害人啊！"

意外入仕

1984年8月，四川省委组织部一纸通知，将原本在四川财经学院（现西南财大）工业经济系任教的刘德扬调进了省委政策研究室工业交通处。尽管步入仕途是从小备受压抑的刘德扬一直以来隐秘的渴望，但这一纸通知还是显得突兀了些。

小时候，刘德扬和哥哥姐姐们被邻里称为"狗崽子"，习惯了歧视的目光。后来，哥哥姐姐依次下乡，轮到他时，父母为了保住身边最后一个孩子，想出了一个装病的办法——当时有规定，近视一千度以上的青年可以留在城里。通过关系，医院为他开了近视证明，为了不被人发现实情，他专门配了一副近视眼镜，最后却弄假成真地把眼睛戴坏了。

留在城里的刘德扬面临着参加工作的难题。街道办事处的干事对他说，像他这样的“黑五类”子弟，又是“病青”，只能在街道办工厂里干活，并热心地带他去厂里参观。所谓的工厂不过是间破屋，低矮的天花板垂下几盏昏黄的灯，一些老头、老太和残疾人坐在小凳上，重复着糊纸盒一类的简单手工活。那一刻，刘德扬突然明白，纵有千般才华万种抱负，在这样的环境中又有何用。

1983年春在邛崃农村乡镇企业讲课

走在回家的路上，那些错位的门窗砖瓦不断刺入他双眼，像一道道华丽的伤口。他伫立在促狭的巷子里，看着面无表情的邻人们来来往往。这样琐屑淡漠的生活是一种大量复制的病毒，让瘟疫蔓延了整片国土。那天，他突然意外地被父亲十年前不经意遗留在这里的一声痛苦叹息敲碎了天灵盖。

1986年摄于省委大院

此后两年时间，他几乎不再出门，等待伤口愈合。痛苦难耐时，他便用书法与绘画转移注意力。在那个年代，艺术是最底层的行业，不被理解，不受尊重（甚至到20世纪90年代初，不少人还对艺术抱有偏见。当刘德扬要求调离省委去成都画院时，一位老领导惊呼：“你为什么要去那种藏污纳垢的地方？简直是辜负了组织对你的培养和高度重视”）。他享受思想，却又害怕想得太多。这种生活一直持续到1976年9月，毛主席逝世的第二天，他在成都军区后勤部汽修厂子弟学校找到了一份美术老师的工作。第二年，全国恢复了高考，然而“病青”的身份将他隔绝在考场之外。那天早上浓雾弥漫，考生们欢天喜地奔向考场，他却独坐在子弟学校的小图书馆里绝望地流泪。第三年，《四川日报》上刊登了一则消息：“凡是‘病青’，通过体检合格可以参加高考。”刘德扬的命运，就这样被一个小小的决定彻底改变了。

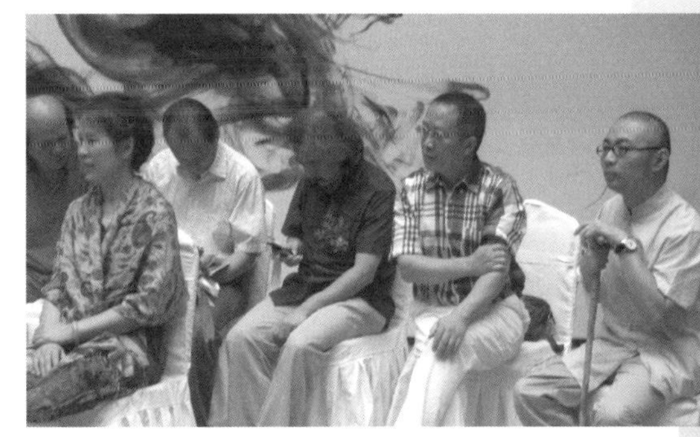

2011年10月书画同源展

他考取了四川财经学院工业经济系，用一种破釜沉舟的方式——第一志愿四川财经学院工业经济系，第二、三志愿依然如是，并且注明不服从调配。起因缘自舅舅战友的一句话：“读这个系，以后当官。”本想填报川大中文系的刘德扬，一听“当官”二字，顿觉热血沸腾。多年来的屈辱、压抑，以及父亲被批斗后回家那种疲惫悲哀的眼神，把他推上了仕途。

多才多艺的刘德扬一入校就担任了系学生会副主席、班团支部书记。奇怪的是，尽管一切条件都符合，但他每次的入党申请却都似泥牛入海，直到1982年大学毕业后留校任教。那时的政治形势比“文革”缓和了不少，经过一番调查，组织上终于发现他父亲的档案里夹着一张两指宽的小纸条，上面写着“此人思想反动，送劳教”。

原来，国民党统治崩溃后，流浪痕失业在家，索性去了一家名叫大川学院的高校读书。入校一年后，该校被查出是由特务所办，师生们便被集中起来甄别学习。学习期间的一天，军代表找到流浪痕谈话，问他：“你以前也是写杂文的进步青年，那你知道鲁迅的《淮风月谈》吗？”流浪痕说：“不是《淮风月谈》，是《准风月谈》，书名来源于当初《自由谈》编者刊登的‘吁请海内文豪，从兹多谈风月’，以此讽刺国民政府限制言论自由。”两人发生了争执，不欢而散。没过两天，流浪痕就被送劳教。当时判刑是两年，半年后又因为罪证不足而提前假释回家。

查清发生在自己出生前的这桩历史悬案后，刘德扬才得以入党。第二年春天，应邛崃县委邀请，他和几个在校学生去邛崃县黑虎滩以县政府经济顾问的身份为当地农工商联合体讲企业管理。当时正值改革开放不久，农村土地制度放活，乡镇企业如雨后春笋。干劲十足的刘德扬每到周末，便一路颠簸到黑虎滩，不通车的山路就搭农民的自行车。坚持一年多之后，校方发现了此事，认为他们不务正业，提出批评并勒令检查。就在这个关头，《中国青年报》四川站站长张飙（后来任中国书协副主席兼秘书长）得知详情后，在该报头版头条报道了他们的事迹，将他们拔高为大专院校帮助中国农村经济发展的典范。一时全国轰动，各个媒体争相报道，中央电视台还录播了刘德扬在那里讲课的实况。省委组织部注意到了这个年轻教师，一纸通知将他调进政策研究室工业交通处。

荷画荷心

刘德扬善画荷，尤其是独一枝的荷。这种“出淤泥而不染，濯清涟而不妖，

无极（50×50cm）

半亩方塘（34×34cm）

中通外直，不蔓不枝，香远益清，亭亭静植”的君子之花，自古以来已成为中国画的一个特定符号。东晋顾恺之的《洛神赋图》，南北朝梁元帝萧绎的《芙蓉醮鼎图》，唐代边鸾的《鹭下莲塘图》、朱耷的《荷花图》……用风格各异的笔触将这种植物的文化意蕴深化并固化。近代名家中吴昌硕、齐白石、高剑父、李苦禅、张大千等人都是画荷的高手。刘德扬的荷，用当代著名画家叶瑞琨的话说，就是“在观念上分歧而又无法调和的时刻，为平息内心波澜的产物”。

这种观念分歧无法调和的时刻贯穿了刘德扬的生命，所以他会一边吟咏着“实迷途其未远，觉今是而昨非”，一边仍然为居于“庙堂者”们某件失败的政治作品而气愤得泪流满面。他的逍遥并不是陶渊明式的对世俗激进的背弃，也不是庄子式绝圣弃智的冷漠。从青年时代起，他就满怀传统儒家的抱负，不仅要为遭受过太多苦难的家庭和自己寻求一份价值证明，更要为与他和他的家庭一样遭受苦难的无数苍生找到一种改变的方式。在仕途上，他最大的痛苦不是迷失自我，而是面对若干本来可以解决的问题而无能为力。

进入工业交通处之后，刘德扬靠着满腔热情和一支笔，一边走访四川省各大中型企业，一边写调研文章。就这样，他对四川的经济情况了如指掌，其所写文章也多次获得省社科一等奖。仅仅一年时间，才华横溢的刘德扬就因表现突出而被提拔为副处长——那时，以29岁之龄在省委大院任副处级干部之职（那时成都市还未计划单列，这一级别相当于市上的副局级）实属罕见。然而，当他越了解基层情况，就越不满足于坐在办公室动动笔而已——汉代王充在《论衡》中说道，“知屋漏者在宇下，知政失者在草野”，刘德扬明白自己真正想要的并非高官厚禄的荣耀，而是去地方当“诸侯”，做一番振兴经济的实事。紧接着，他被省委列为重点栽培的第三梯队人员，得到了下基层锻炼的机会。可就在这时，一向人缘颇好的他却遭到了朋友的妒忌与背叛。

这位朋友大学时和刘德扬情同手足，他出身于“红五类”家庭，本人也不乏能力，因此毕业之后早刘德扬一步进入政界。两人时常促膝长谈，为国家和自己的前途而相互勉励。这种亲密关系到刘德扬比他先一步进入第三梯队时却悄悄地变了味。自古积下的厚厚酱缸里，缺少莲花心性之人，总会旁枝斜逸。这位朋友，后来因其政治素质低下以及心胸狭隘，背弃于辉煌的政治生涯，而将自己送入囹圄中。

1989年初，伴随紧锣密鼓的政治体制改革的进程，四川省委成立了两个政治体制改革调查小组，在全国巡回调查，刘德扬也在其中。其间恰逢胡耀邦逝世，悼念活动不断升级。当他们抵达天津时，形势已经很乱了，时任天津市委书记的李瑞环接待了他们，劝他

写生

太湖石写生

们不要去北京。但刘德扬他们认为不弄清楚情况难以向四川省委交代，于是坚持进京，在中南海里陈毅之子陈小鲁接待他们住了几天之后，他们回到了四川……

这次经历让他深刻意识到了政治的复杂性与严酷性。尽管如此，一腔抱负仍旧不减，就在这时，他一直等待的机会终于降临——他被下派到洪雅县担任县委副书记兼体改委主任。

在洪雅县，刘德扬为农民们的淳朴与一心想致富的热情所感动，更发现基层干部群众眼界不开阔，思维层次不发达，需要一个好的带头人。在基层，往往干部的思路能决定整个地区的发展。

刘德扬永远记得带领部门领导视察县里一个水电站冬汛工作时一幕场景带来的震撼。乡里对县上来的领导接待得周到而热情，视察完毕，就安排在工棚里休息，为他们准备了一桌子鲜鱼。大家推杯送盏，煞是开心。回头吐鱼刺时，他蓦然从工棚壁上的破洞中瞥见外面有一位白发苍苍的老妪正背着一大筐泥土，艰难地行走在瑟瑟秋风中。她气喘吁吁地放下筐子，坐在地上拿出一块黑乎乎的东西啃了起来。巨大的差距，强烈的冲击，是人生际遇的差别，也是社会的失误。他想发火，却不知道该冲着谁，只能暗中发誓要更加努力改变农村生产力落后的情况。也是在那时，他较早地提出了农村、农业、农民的“三农”问题，他坚持认为，“三农”问题，是改变农村以及全民状况的关键。

在洪雅县只待了一年半，改革刚刚开始有成效，政研室又将刘德扬调回单位，并在公交处、综合处、理论文化处分别轮岗担任正处级研究员。其时，他三十四五岁。他三番五次要求重下基层，却屡屡阴差阳错，未能成行。这年他回洪雅视察过一次，却发现当初自己费尽心血进行改革，产生的效益并没有让人民得到实惠，却被一些干部以各种名义瓜分殆尽。心灰意冷的他，终于下定了独善其身的决心。

1994年年底，刘德扬在年满38岁的半年后，在领导与同事们的惋惜与不解中，正式调到了成都画院。

满肚子的不合时宜

2011年10月海瓷手绘紫藤瓶

刘德扬喜欢给人讲笔记小品《舌华录》里的一个故事：一日，苏东坡一边散步一边用手摸着肚子，问旁边的婢女："你们说我这肚子里装的都是什么？"一婢女说："装的都是文章。"另一婢女说："装的都是巧智。"苏东坡均不做声。轮到他最宠爱的婢女朝云了，她俏皮地答道："学士您一肚子装的都是不合时宜！"苏东坡大笑曰："知我者，朝云也！"

刘德扬欣赏苏东坡，颇有"知我者稀，则我贵矣"的惺惺相惜。那个遥远时代的四川老乡身上凝聚了一个士大夫的抱负、坎坷和才华。既有"仆虽怀坎壈于时，遇事有可尊主泽民者，便忘躯为之"的豪迈，又有"飘飘乎如遗世独立，羽化而登仙"的高洁。身居官位、能够兼济天下之时，他置自己的前途于不顾，宁可违背官场规则，先后与主政的王安石、司马光格格不入，最后被贬海南，在孤岛上了却余生。上仁宗皇帝书中，他表明自己绝不是"贪得患失，随世俯仰，改其常度"的人，甚至连政敌也对他尊重有加。以此不合时宜之命运，却能始终保持豁达畅然之心态，千古第一人矣。

刘德扬的不合时宜，从小便有迹可循。"文革"时候，其他少年在外斗争、造反，闹得热火朝天，他却闭门不出，在家苦学。听父亲讲《三国》、《水浒》，讲历史和传统文化；听母亲讲《红与黑》、《悲惨世界》，讲国外伟人与世界名著。他热爱书法，便拜著名书法家白允叔老先生为师；他喜欢绘画，就去拜访刘既明先生等画坛耆宿。为了学习篆字，他偷偷翻墙进入武侯祠，在苔痕的翠色与清幽的鹂音伴随下摹写《出师表》碑文。他也曾独坐乱坟岗上，抬眼看片片流云，思考着自己缥缈的归宿。这种强烈的孤独感伴随了他一生。

彼一时也·刘德扬篆刻

如今虽说归隐田园，遁入艺术，刘德扬依然放不下对民生的关切。每次外出采风，他总会同当地的农人聊经济状况，问他们的人平纯收入。在这个人人逐利、肤浅浮躁的社会里，刘德扬提倡传统道德观，号召保存国粹，也是曲高和寡。于是，他便也常常摸着肚子，自我解嘲地说这里面装的还是一肚子不合时宜。

刘·了壬·陈明德篆刻

书法日课

刘德扬砚边小语

作为传统文人型画家，刘德扬喜欢用诗词题画，称作“砚边小语”。时而冷眼观世，时而慧心得趣，见诙谐，蕴妙思。此种手段，或许出自其家风，更融入了深刻的人生感悟。譬如——

题《坐禅图》，“禅语有句云，眼睛一睁，什么都无；眼睛一闭，什么都有”。

题《荷花》，“一点芳心只自知，既是一种得意也是一种无奈”。

题《竹》，“竹性平和，不择地而长，不因人而芳。处大富豪宅或农家小院，皆清新自宜，摇曳君子之风。所以古人有诗云，‘相送当门有修竹，为君片片起清风’”。

更多的是无题，“回顾历代凡有成就的艺术家，必定对人类世界都有着深切的关注，这种关注不一定是政治式的，但却必须是生活的和深层次的。只要有了这种深层次的对人类世界的关注，那么，不管是山水，花鸟，人物画还是其他的，都可以产生艺术家”。

……

2010.春

康刘庄观展有感

张蕾

“我被你钓，你被谁钓？”摆在我面前的是一幅画，干净的纸上只有两个物件：一条弯曲的钓鱼线从上而下，顶端有一个小鱼钩，一条沉在画面下方的鱼，张着的嘴正对着鱼钩。一刹那间，我惊呆了！很多年了吧？大学期间，我曾写过一篇同样题目的日记！那时的我看多了文学小说，时时有些暧昧而不切实际的小爱情溜过心底，于是，有一天，突发感想，写下了一段文字：这世上，男与女之间，总是这样留恋勾引与被勾引的游戏，在你对别人投出诱惑的目光时，看到对方的迷惑，你或许有些窃喜，殊不知，同时你也已经在被对方吸引。若不然，又怎会不惜舍身来诱惑他（她）呢？鱼饵在水中，在鱼的面前摇摆不定，看到鱼围着它转来转去，垂涎三尺又迟迟不敢下嘴，鱼饵的心里有急切，有希望，有失落，又有担心和忧虑。这份复杂的心绪，是作为诱惑者的矛盾。不知不觉中，鱼变成了诱惑者，而饵恨不得下一刻就扑到鱼的嘴里，进入鱼温暖的腹中，但是，这也代表着游戏的终结。玩游戏的人喜欢的是过程而不是结果。

迫不及待地想了解这个与我的思想不谋而合

你被谁钓（34×34cm）

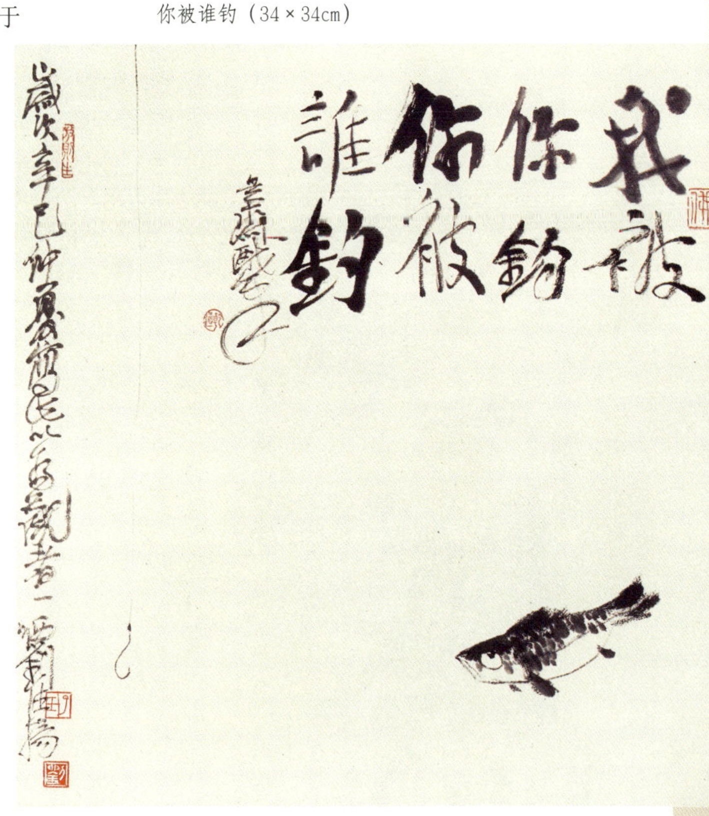

自将香气远 何必称花王 庚寅年夏伏竹庐德扬

自将香气远 何必称花王（200×53cm）

的人是谁？他有多大？也喜欢思考不切实际的问题吗？也喜欢自问和自省关于人生的过往吗？也喜欢坐着发呆，思绪早跑到很久很久以后的某天吗？也喜欢回味梦里的故事，研究一下这有什么预警或启迪的意味吗？可是，我又如何能得知？我只能看着他的画发呆。

真是“山东地邪，说谁有谁”！紧接着我就看到了一幅名为《双呆成梅》的画。画面上仍然是稀疏的笔触，淡雅的色彩，一枝梅花横在上方，一个人站在下面仰望。题曰：“她呆我呆，双呆成梅。”跋曰：“呆呆者，梅之异体字也，从象形而来。”原来，梅的象形字是两个呆字并在一起，所以说《双呆成梅》。一语双关，既说明了题目的起因，又道出了画中人望梅发呆的心境：人与梅相映成趣，人与梅无语心通，人与梅相望知己。此画与“唯有敬亭山，相看两不厌”同意，又与“庄周梦蝶”异曲同工。

他叫刘德扬，四川成都人，现年54岁，却有着孩子般纯真的眼神和灿烂的笑容。他很容易就打开了话匣子，聊他关于画的构思和字的创意，毫不保留地讲述他对于书法的领悟和技巧，一点不设防地告诉我关于字法的解剖和结构。可是，关于外界传言的他的从政生涯和他的家族背景，他只一语带过，认为不值再提。作为一个门外汉，我也看过不少墨色浓重的山水画，也见过一些色彩华丽的花鸟画，但是对于他的淡色淡墨淡水淡笔的小画却情有独钟，一时我说不出为什么，却通过他的一句话豁然开朗：“适可而止”。刘先生闪烁着狡黠的眼神，调皮地微微歪着头告诉我一个秘密：“画画之外的思考多于画画本身”。突然我明白了，他是在“以字作画”，书法既是画面的一部分，又提升了画的意境，使得他的画有了一种超凡脱俗的味道。在他的笔下，花鸟不再是花鸟，而成为了和我们一样的人，和他一样的人，有了生命，有了思想，有了灵魂。

我想，是成都这方灵秀的山水多年的浸润加上他的学识阅历、豁达的心胸、开朗的性格、随意自然的性情等等，融会贯通，才使得他有了比常人更多的感悟，成就了今天的画风和艺术修为吧。

2011.春

净根无不竞芳菲（35×53cm）

丹青难写是精神

《头等舱》杂志主编 李尼

来时——错将此处作他处

反复对照手里的地址：闹市得不能再闹市的城市中心腹地，如此气场怎么容得下水墨意境的中国画室？几乎快以为找错门牌按错铃的时候，门开了，刘德扬偏偏就身在其中。而客厅家常，画室又在哪里？

一个小小的迂回，绕转而过，别有洞天。

竹椅，石缸，花草遮露台；竹墙，竹篱，隔断现画室。此处题匾名曰“竹庐”，正是刘德扬钟爱的画室。反倒那个远在天艺村的个人工作室却鲜有去时，以至于门锁都快生锈了。刘德扬说：“中国书画接近哲学，安坐到一定的心境才能运笔着墨，工作室之大但不合我的气场。”而气场又在哪里？

细细打量，这里生命众多，一只大公鸡昂着鲜红饱满的冠子骄傲踱步，一只低调的母鸡潜行跟随，几尾红黑金鱼憩在水中，好一派丰富的情趣。刘德扬说：“中国书画意在情趣，笔墨关系之干湿浓淡不过技法，最终高下无非在修养。”

大富（68×68cm）

诗之趣——原来水墨皆可读

刘德扬之画善于题款，与现代很多国画家不同，他很

少引用前人的古诗古词为作品附字，要么自己作诗，要么配上与画境相符的一段小语，字里行间多透露着当下的心情或感悟，甚至颇有禅机哲理的机锋，逐字读来有意味无穷的想象空间。他将此称作“中国画里的文学性”，喜欢深究每一个题款的遣词造意，以增加画面的可阅读性。有时信笔作画完成一幅作品后，会足足想上一个月才动笔题字。“倘若题款无法为画增添回味，那么仅仅是图示而已。”初时以为这样的题款风格是刘德扬的个人爱好，殊不知其实自古文人皆讲究。

花气袭人（34×45cm）

清代赵之谦为《墨梅朱竹图》题款：“打破圈圈，就是这个。”看似不知所云的白话，内里却是堪称妙笔的暗喻，“圈圈”指代梅花画迹，“个”字正如《芥子园画谱》中所说画竹就是画若干“个”字与“介”字的组合，所以打破圈圈即是竹。

如今刘德扬的《双呆成梅》上书：“她呆我呆，双呆成梅。”“梅”字古时写法为两个并排重叠的“呆”字，固然一幅留白优美、梅花静放的水墨画，一句题款突然增加了古老汉字的解构，足以回味品读。古人论画时讲究令人惊不如令人喜，令人喜不如令人思，看刘德扬的画重在读，错过题款犹如电影剪掉了精彩花絮。

书之境——最难画处是书法

之所以喜欢深究题款的情趣，或多或少源于刘德扬对自己书法的自信。中国水墨相比于西方绘画，成就者大多不算年轻，因为水墨内涵需要年龄和阅历的沉淀，而这个沉淀除了国学意境和文人气质的修养以外，还在于书法笔墨的修炼。

自古书画堪称文武之道，会其一者即可享誉盛名，二者兼顾则可堪称“大家”。刘德扬在画国画以前，从小师从白允叔学习书法，从“永字八法”开始临米芾、临颜真卿，直到现在写字也是他每天的“日课”。每每清晨六时起身，独坐竹庐对画饮茶，遂而在画废的纸张上随性书写，没有预计时刻，也没有既定任务，凡事不必太认真，随着情绪运笔翻腕直至尽兴。数十年练就的书法功底不但运用于绘画，还涉猎篆刻，墨法、水法、笔法游刃有余，形成强烈的视觉张力。其纯书法作品亦常见于各大书法展览，广具藏家。

画之意——无风清气自相吹

可遇不可求（40×25cm）

如今的刘德扬是艺术家，但曾经的刘德扬是“官”。主学经济的他毕业后进了府衙，入过仕途，不但兼任过乡镇企业厂长，还曾任一县“诸侯”的县委副书记，正当仕途驰骋之时全盘放弃转而从文，到了现在的成都画院。中国画之技法完全是自学成才，闭门研究古人大师经典作品整整三年，然后以当今国画画坛“黑马”的姿态跃入众人视线。对于自己的自学天赋，刘德扬颇感骄傲；而对于自己的黑马走势，刘德扬觉得学经济学教会他一个异军突起的方法。在国画界普遍不具有个体代表性的前提下，刘德扬选择了荷花作为个人标志符号，且画荷自成一派，同时亦让人们因为喜爱他的荷花而发觉他的花鸟虫鱼之作。

荷，通“和”，是华夏文化的精髓凝聚，也是刘德扬初离仕途之时满腹政治情怀无以表达的寄托所选。而他的代表作荷花图亦与众不同，大片清雅淡致的笔墨不勾其具体形态，反渲染个中神韵，完全脱离古法局限，妙在似与不似之间，“太似则媚俗，不似则欺世”。

张大千认为荷花是最易也最难画之物，易者容易入手，而难者是难得神韵。刘德扬经常亲临荷塘，与荷为友，从春天看到冬天，周而复始将荷花的千姿百态铭记在脑海中，对浴日、戏风、漫雨、赏月的荷花模样了然于心。当微风拂过荷塘，吹落花瓣露出莲蓬的刹那，刘德扬被惊呆了，在生命的一个过程里几乎可以听到花瓣落水的声音，恍如“无风清气自相吹”，而荷花的气息就这样入画来。

印之理——古法自成今格局

刘德扬不但画荷花寻求与众不同，他画的蜻蜓也是独一无二，乍看如工笔之细腻，细端详却是十足的写意而成，精炼为线条的翅膀辅以清雅的彩墨，空灵而神形兼备。据说为了研究蜻蜓的画法，刘德扬将自己孩童时代的记忆统统唤醒，儿时顽童抓过上千只蜻蜓方才知道站立时蜻蜓的翅膀定然聚合收拢，飞翔时才透明舒展。这种严谨的观察颇有齐白石画虾追求到虾身八截的考究。沿袭古人的态度亦要创造个人的画风，刘德扬说前有先人用工笔网状表现蜻蜓的空灵，“我则一定不全然效仿，我要创新自己的空灵”。

不单如此，对印章肌理极为讲究的他同样在沿袭古人以印章调节虚实对比关系的前提下，独创了诗、书、画、印的现代拼贴式构图，谓之“无迹可考，好看足矣”。在一幅《心情》的书法作品中，打破常规地用三等分构图暗喻“人在夹缝中，洞开一扇门”的心情，而“心”在于平，书写紧凑，“情”在于放，采用草书之行云流水般洒脱，一枚篆刻为“空明”的印章平衡虚实，点睛玄机，处处遗留回味思考。

仲夏（34×23.5cm）

归时——一枝一叶也关情

如果说西方绘画的创作重点在于形、色、光、影，那么中国绘画的创作基础则是形、意、神、韵。笔痕色迹终究是技法的范畴，而刘德扬的水墨则已处于其形，抵达其神，用意所在正如他自己的一个题款：脱开物象看出其他许多东西，就有了观画的乐趣。

那所谓的“其他许多东西”或许就是一枝一叶也关情的“情”，一个“情”字道破了刘德扬的画眼。

2011.4

后记

我，猴年马月生于成都。辛亥秋，从白允叔先生学习书法。丙辰春，随伯父拜谒著名花鸟画家刘既明先生。因伯父是其学生，于是和刘既明先生以爷孙关系相处并随其学画。从兹以降钟情书画艺术：恃手聪而沾“花”惹“草”，反正随心所欲；好读书但不求甚解，结果眼高手低。自嘲曰：得“意”忘“形”。

在书画的技、道之外，平日里还喜欢咬文嚼字，十年前将其集结整理印发了《俯啄仰饮》一书。现在因母校师长学弟的厚爱，该书经充实修订后得以《观照•中国书画高蹈精神》之名予以正规版存、刊行，晓幸学长兄百忙中拨冗为此书亲自作序。如此，欣欣然无以言状，谨向晓幸学长兄以及西南财经大学出版社致以殷殷谢意。同时，感谢谢廖斌、殷晓明、冯力等各位校友的深情厚爱，感谢穆志坚先生对此书精心的设计编排，感谢总编辑和责任编辑对此书的宝贵意见。

近耳顺之年，瞻前顾后：

五、六十年代——心中的绿意青翠着整个世界；

七、八十年代——迷茫、幸福、痛苦、欣喜交错闪回；

八、九十年代——可能集中了此生最多的故事，同时，在而立与不惑中辗转反侧；

新世纪——聚精会神地用红、黄、兰和点、线、面编织儿时的梦幻，放飞心情。

这些，在书中时隐时现……

刘德扬　辛卯小雪于竹庐

荷风清气（30×136cm）（与乐林合作）

刘德扬印·陈明德篆刻

图书在版编目（CIP）数据

观照：中国书画高蹈精神 / 刘德扬 编著.
—成都：西南财经大学出版社，2011.12
ISBN 978-7-5504-0505-9
Ⅰ. ①观…　Ⅱ. ①刘…　Ⅲ. ①随笔—作品集—中国—当代　Ⅳ. ①I267.1
中国版本图书馆CIP数据核字（2011）第258174号

观照：中国书画高蹈精神
刘德扬 编著

责任编辑：杨　琳
装帧设计：穆志坚
责任印制：封俊川

出版发行　西南财经大学出版社（四川省成都市光华村街55号）
网　　址　http://www.bookcj.com
电子邮件　bookcj@foxmail.com
邮政编码　610074
电　　话　028-87353785　028-87352368
印　　刷　四川新财印务有限公司
成品尺寸　215mm × 285mm
印　　张　15.875
字　　数　300千字
版　　次　2011年12月第1版
印　　次　2011年12月第1次印刷
印　　数　1— 3000册
书　　号　ISBN 978-7-5504-0505-9
定　　价　198.00元